U0536288

〖中华诗词存稿·名家专辑〗
中华诗词学会 编

清风颂

赵焱森 著

中国书籍出版社
China Book Press

图书在版编目（CIP）数据

清风颂 / 赵焱森著 . -- 北京：中国书籍出版社，2019.12

（中华诗词存稿）

ISBN 978-7-5068-7700-8

Ⅰ.①清… Ⅱ.①赵… Ⅲ.①诗词—作品集—中国—当代 Ⅳ.① I227

中国版本图书馆 CIP 数据核字 (2019) 第 291566 号

清风颂

赵焱森 著

责任编辑	吴化强
责任印制	孙马飞　马　芝
封面设计	采薇阁
出版发行	中国书籍出版社
地　　址	北京市丰台区三路居路 97 号（邮编：100073）
电　　话	(010) 52257143（总编室）　(010) 52257140（发行部）
电子邮箱	eo@chinabp.com.cn
经　　销	全国新华书店
印　　刷	北京虎彩文化传播有限公司
开　　本	710 毫米 ×1000 毫米 1/16
字　　数	200 千字
印　　张	18.5
版　　次	2019 年 12 月第 1 版　2019 年 12 月第 1 次印刷
书　　号	ISBN 978-7-5068-7700-8
定　　价	268.00 元

版权所有　翻印必究

《中华诗词存稿》编委会名单

顾　　问： 郑欣淼　郑伯农　刘　征　沈　鹏　叶嘉莹

编　　委：（按姓氏笔画排序）

丁国成　王　强　王改正　王德虎
刘庆霖　吕梁松　李一信　李文朝
李树喜　陈文玲　张桂兴　范诗银
欧阳鹤　杨金亭　林　峰　罗　辉
周兴俊　周笃文　宣奉华　赵永生
赵京战　钱志熙　晨　崧　梁　东
雍文华

主　　任： 范诗银

副 主 任： 林　峰　刘庆霖

执行主编： 吕梁松　王　强　李伟成

秘　　书： 李葆国

作者简介

赵焱森，男，1958年3月参加工作，1959年加入中国共产党，大专毕业。先后任华容县监察委员会、湖南省监委驻岳阳地委监察组干事、主任、秘书，岳阳地区革委会群工组、组织组副组长，中共湖南省委组织部、省委办公厅、湖南省纪委副处长、秘书、处长、副厅级纪检员，中共湘潭市委副书记、湘潭市政协主席、湖南省政协委员、中共湖南省纪律检查委员会副书记，湖南省人大常委会常务委员、中华诗词学会副会长、湖南省诗词协会会长、湖南名人书画馆馆员等。工作之余，主要爱好诗词书法，诗歌在《人民日报》《中国纪检监察报》《诗刊》《中华诗词》《北京诗苑》《湖南日报》《理论与创作》《湖南诗词》等多家报刊发表。著作有《毛泽东颂诗字帖》《昆仑颂》《华夏颂》，主编有《中国共产党反腐败大典》《中国古代著名地方官》《中国五十年国事纪要》《湖南当代诗词选》《新税吟》《黄兴颂》《张家界旅游诗词选》《中华环保颂》《伟哉公仆》《华夏廉风》等。

总　序

　　我们这个诗歌大国有一个很好的传统，历来注重"采诗"、搜集整理诗歌材料。作为唯一的全国性诗词组织的中华诗词学会，自1987年5月成立以来，就十分重视这项工作。学会每年的学术研讨会和历届"华夏诗词奖"，都出版论文集和获奖作品集。纪念学会成立二十年、三十年时，还专门编辑出版了《大事记》《论文选集》《诗词选集》。《中华诗词》创刊以来，每年都制作年度合订本。2007年5月，在北京天识东方文化艺术传播有限公司的资助下，以近代以来诗词创作、诗词理论、诗词运动重要文献汇编，当代名家个人作品专集等为主要内容，出版了《中华诗词文库》。经过十来年的编辑整理，已经出了近百卷。这些诗集、文集的出版，记录了近百年来尤其是改革开放四十多年来，中华诗词从起步、复苏走向复兴的砥砺前行的历程，为近、当代诗歌史的撰写准备了丰富的资料。

　　党的十八大以来，中华民族优秀传统文化重新受到应有的重视。习近平总书记《念奴娇·追思焦裕禄》词和《军民情》七律的相继发表，引领中华大地诗潮滚滚而来。《中共中央关于繁荣发展社会主义文艺的意见》和中办、国办《关于实施中华优秀传统文化传承发展工程的意见》，都明确提出"加强对中华诗词、音乐舞蹈、书法绘画、曲艺杂技和历史文化纪录片、动画片、出版物等的扶持。"国家教育部组织制定由中华诗词学会起草的新中国语言体系中的新韵书《中华通韵》已经通过国家语言文字工作委员会语言文字规范标准审定委员会审定,即将颁布全国试行。这些都使我们真切地感受到,中华诗词的春天真的到来了。诗人们乘着骀荡春风,正以高昂的激情,书写着中华民族伟大复兴的新时代、新史诗,国家富强、民族振兴、人民幸福的中国梦;正以与人民同呼吸、共命运的诗人之心,对人民的欢乐、人民的忧患、人民的情怀给以诗意的表达;正以"美"或"刺"的诗人之笔,对市场经济大潮中人民对幸福生活的期待,对美好未来的希望,对假丑恶的深恶痛绝,或给以方向,或给以赞美,或给以鞭挞。正如习近平总书记所指出的:"好的文艺作品就应该像蓝天上的阳光、春季里的清风一样,能够启迪思想、温润心灵、陶冶人生,能够扫除颓废萎靡之风。"

当前,传统诗词创作者和诗词爱好者队伍发展迅速,已超过三百万。每天创作的诗词作品超过唐诗、宋词、元曲的总和。诗词评论研究队伍也成长很快,诗词评论、诗词学、诗词创作理论研究成果丰硕。如何从浩如烟海的诗词作品中"淘"出优秀作品,并使之存下来、传下去,如何使诗词研究理论成果"面世"并发挥应有的指导作用,确实是摆在我们面前的无可回避的一个重要课题。中华诗词学会是一个没有国家编制,没有国家拨款的社会团体,事业的运转主要靠社会赞助和会员费支撑。俊识(北京)文化传媒有限公司总经理吕梁松、北京采薇阁总经理王强,两位一直是对中华传统文化情有独钟的热心人,慷慨解囊,愿意同中华诗词学会一起,搜集整理编辑推出《中华诗词存稿》这套书,共同为中华诗词文化的继承和发展,做成这件十分有意义的事情。

《中华诗词存稿》主要搜集整理出版三部分内容的资料：一是当代诗词名家的个人作品集；二是当代诗词评论家、诗词学者的学术著作集；三是当代诗词作品、诗词理论学术成果阶段性、专题性、地域性的集成类作品集。诗词作品强调精品意识，沙里淘金，把"有筋骨、有道德、有温度"的优秀诗词作品搜集起来。诗词评论、研究类资料强调理论性和创新性，应具有鲜明的个性特点，具有创建性的见解。集成类的资料应有一定的史料保存价值。总之，做成一套具有当代价值和历史意义的好书。在此，我们编委会人员，向提供资料、筛选编辑、版面设计、校对勘误，包括所有为这套资料付出辛勤劳动的同志们，表示真诚的谢意！

郑欣淼

二〇一九年七月于北京

公仆情怀 人民心声

林从龙

——赵焱森的诗风及人格

赵焱森同志是中华诗词学会副会长、湖南诗词协会会长。近几年，我经常应邀赴长沙或长沙附近的县市开诗会。每次到长沙，他总是盛情接待我这位乡亲。这对一个远离家乡半个多世纪"昔年亲友半凋零"的他乡游子来说，所感到的温暖是难以用笔墨形容的。加上焱森同志很爱诗，又不耻下问，于是，"乡情诗谊两悠悠"，我对他的感激和敬佩之情便油然而生。2003年9月13日至16日，中华诗词学会浏阳工作会议期间，焱森同志把他一本厚厚的诗稿给我，要我看后写几句话作序言。说实话，当时我的心情是很复杂的：一方面因他对我的信任而感到责无旁贷；另一方面考虑到医生要我节劳、以免脑溢血重犯的反复嘱咐，也自感精力、体力不支，不敢接受这样繁重的任务。但不知为什么，想到焱森同志的诚恳、热情，我把这一切都抛到九霄云外，毫不迟疑地欣然接受。花了几天时间，我认真通读了全稿，不料，各种感受纷至沓来。

一是浩然正气。焱森同志长期担任中共湖南省纪委副书记，早以清正廉洁著称。读了他的诗，这种感受更加形象化了。

"监督机能生锐气，批评武器闪锋芒。"

（《赞从严治党》）

"严格规章纠错漏，高张法纪儆贪婪。"

（《反腐败要标本兼治》）

"有志锄奸权不畏，无私执法镜高悬。"

（《谒合肥包公祠》）

"源头活水长河洁，公务兴廉政令通。"

（《祝清风文学笔会召开》）

"能张法网擒魔鬼，可用钢刀斩乱麻。"

（《赞纪检监察信访干部》）

"排忧可仗驱邪剑，拓进尤期报晓钟。"

（《长沙市纪委为商业集团挂牌保护》）

  这些诗，对反腐败持悲观论者确有振聋发聩的作用。孟子说："我善养吾浩然之气。"其实，并非如苏辙所说："气可以养而致。"焱森同志的这种浩然正气，不单是"养"来的，更多的是源于他对党对人民的真挚热爱。

  二是心系人民。"民为邦本，本固邦宁"这一先贤遗训，已溶化在焱森同志的血液中。

"民生苦乐情千缕，国事兴衰血一腔。"

(《听汨罗市激浊扬清演讲》)

"檐下谈心情谊重，田边商策富途通。"

(《岳阳党政机关干部服务基层见闻》)

"足驻基层生合力，心连大众倚高山。"

(《湖南纪委用"三个代表"建设干部队伍》)

"工人硬骨江山固，企业丰碑血汗凝。"

(《登东山观鞍钢》)

"以人为本坚基础，立制兴规正作风。"

(《赞拉萨市八一农场》)

"扶贫使命双肩托，开发宏图众手描。"

(《赞宁夏共产党人的硬骨精神》)

从这些诗句中可以看出，焱森同志的心坎上牢牢印着"以人为本"四个金光闪闪的大字。对一个领导干部来说，这是多么难能可贵啊！

三是情钟公仆。由于焱森同志爱民心切，所以对那些一心为民的公仆倾注了挚爱之情。

"沥胆酬民真烈士，捐躯报国好男儿。"

(《向人民的好书记张鸣岐学习》)

"国事盈肩身不倦，民声入耳夜难眠。"

(《深切怀念郑培民同志》)

"为民勇立移山志，报国高吟正气歌。"

(《电影〈焦裕禄〉观后》)

"为全大节宁残指，欲救中华可断头。"

(《参观渣滓洞监狱》)

"报国宁奔风险路，酬民首建富饶乡。"

(《赞吴仁宝勤俭创业精神》)

"雾里春光灵未泯，峪中石刃锷宁残。"

(《瞻仰胡耀邦同志故居》)

"读其诗，不知其人可乎?"(《孟子》)焱森同志的诗，如焱森其人。这些心声，不仅是焱森同志为人的佐证，也是惩恶扬善的檄文，读后可以心神为之一爽。

用符合格律诗三要素(平仄协调、押韵、对仗工稳)的旧形式，写今事、抒今情，反映时代、贴近生活、走向大众，这就是律诗的生命力所在。读焱森同志的诗，我们对这一点将有新的认识。

诗品取决于人品。焱森同志人品好，又如此热爱诗词，并创作出了一批佳作，这对中华诗词的发展、提高，是一件值得庆幸的事。我坚信，中华诗词学会在包括焱森同志在内的领导班子的引导下，今后，将会更有作为，开拓创新，辉煌再铸。

(作者逝世前，系中华诗词学会顾问、中华诗词文化研究所所长、河南诗词学会会长、国家有突出贡献的专家)

目　录

总　序 ································· 郑欣淼　1
公仆情怀　人民心声 ······················· 林从龙　1

先贤篇

谒炎帝陵 ······································· 3
九嶷山拜舜帝陵 ································· 3
屈子祠感怀 ····································· 3
瞻仰平江杜甫墓七律叙说（八首）················· 4
　　一、壬午春首瞻杜墓 ························ 4
　　二、壬午夏再瞻杜墓 ························ 4
　　三、壬午冬三瞻杜墓 ························ 4
　　四、癸未春四瞻杜墓 ························ 5
　　五、甲申夏邀老友曾晓浒教授五瞻杜墓 ········ 5
　　六、乙酉秋参加杜墓竣工典礼及杜诗研讨会 ···· 5
　　七、丙戌秋谒杜墓感思 ······················ 5
　　八、丁亥夏陪北京诗友谒杜墓 ················ 6
成都瞻仰杜甫草堂 ······························· 6
登杜甫江阁五律（三首）·························· 6
　　一、杜甫江阁赞 ···························· 6
　　二、颂杜甫对湖湘的挚爱 ···················· 7
　　三、杜甫湖湘漂泊感叹 ······················ 7

瞻仰韶山毛主席故居	7
参观韶山陈列馆	8
参观韶山故园	8
参观毛主席回韶山游泳处	8
登韶峰	9
重登韶峰	9
再上韶峰	9
韶山毛主席铜像广场	10
韶山重瞻毛主席铜像	10
颂毛泽东的公私观	10
游韶山滴水洞	11
重游韶山滴水洞	11
登韶山虎歇亭	11
参观韶山学校	12
祭韶山烈士陵园	12
参观韶山诗词碑林	12
观韶山灌渠感赋	13
韶山迎宾桥遐思	13
谒毛主席到安源塑像台	13
癸酉秋再仰毛主席遗容	14
纪念毛主席九十诞辰	14
纪念毛主席九十五岁诞辰	14
纪念毛主席九十八岁诞辰	15
天安门漫步仰望毛主席画像	15
京华学友聚会纪念毛主席诞辰九十九周年	15
赞毛主席纪念堂前松柏树	16

参观毛主席纪念堂书画珍品……16
参观韶山毛泽东遗物展……16
敬谒韶山毛泽东纪念园……17
重温毛主席《为人民服务》……17
出席电视剧《少年毛泽东》开机典礼……17
参观北京香山毛主席故居双清别墅……18
爱晚亭怀念毛泽东……18
北戴河鸽子窝仰毛泽东词碑……18
西柏坡瞻仰毛主席故居……19
读《毛泽东诗词对联辑注》……19
参观瑞金毛主席领导长征出发点……19
恭读毛主席《长征》诗……20
读《毛泽东诗词集》……20
影片《毛泽东》观后……20
电影《毛泽东和他的儿子》观后……21
赞毛主席领导南泥湾大生产……21
韶山建市思念毛主席……21
湘潭市毛泽东诗词研究会成立感赋……22
颂毛主席《在延安文艺座谈会上的讲话》发表五十周年……22
颂毛主席为韶山邮电局题名……22
夜游玉泉山知毛主席曾住此……23
参加韶山毛主席百年华诞庆典……23
湖南省纪念毛主席百岁诞辰文艺晚会……23
湖南省纪委机关纪念毛主席百年华诞献诗……24
韶山滴水洞矿泉水厂遐思……24
党的七十八年生日怀念毛主席……24

题纪念毛主席诞辰百周年韶山邮展……………………… 25
重温毛泽东《整顿党的作风》……………………………… 25
学习毛泽东的文学性格……………………………………… 25
参观毛主席秋收起义旧址…………………………………… 26
电视剧《开国领袖毛泽东》观后…………………………… 26
参观延安枣园毛主席故居…………………………………… 26
参观清水塘缅怀领袖毛主席………………………………… 27
读毛泽东词《卜算子·咏梅》……………………………… 27
纪念毛主席为雷锋题词三十八周年………………………… 27
读毛泽东爱民廉政纪事……………………………………… 28
学习毛主席在党的七届二次全会报告……………………… 28
重温毛主席"两个务必"…………………………………… 28
庆祝建党八十周年怀念毛主席……………………………… 29
全国政协成立五十周年怀念毛主席………………………… 29
重瞻古田会址怀念毛主席…………………………………… 29
纪念毛主席一百一十五周年诞辰…………………………… 30
辛亥革命八十周年怀念孙中山先生………………………… 30
谒南京中山陵………………………………………………… 30
读孙中山生平事迹感赋……………………………………… 31
甲申冬瞻黄兴故居…………………………………………… 31
绍兴周恩来故居观后………………………………………… 31
颂周恩来领导南昌起义……………………………………… 32
颂周恩来崇高公仆情怀……………………………………… 32
瞻仰淮安周恩来纪念馆……………………………………… 32
颂朱德元帅执纪为民高风亮节……………………………… 33
参观湘南起义旧址缅怀朱德、陈毅同志…………………… 33

纪念刘少奇同志诞辰一百一十周年（四首）…………… 33
  一、炭子冲瞻仰刘少奇铜像…………………………… 33
  二、学习刘少奇《论共产党员的修养》……………… 34
  三、登花明楼………………………………………… 34
  四、参观刘少奇故居………………………………… 34
学习任弼时鞠躬尽瘁精神………………………………… 34
题任弼时画册……………………………………………… 35
悼念邓小平同志…………………………………………… 35
学习小平同志的改革思想………………………………… 35
学习陈云同志论党风……………………………………… 36
瞻仰胡耀邦同志故居……………………………………… 36
颂胡耀邦同志执政为民精神……………………………… 36
悼念华国锋同志…………………………………………… 37
仰湘潭乌石彭德怀陵园…………………………………… 37
颂彭德怀好学不倦精神…………………………………… 37
乌石苍松…………………………………………………… 38
参观洪湖革命斗争史忆贺龙元帅………………………… 38
忆罗荣桓元帅回衡山……………………………………… 38
参观罗荣桓元帅故居纪念馆……………………………… 39
纪念谢觉哉同志一百二十周年诞辰……………………… 39
忆陶铸同志视察醴陵军山………………………………… 39
纪念陶铸同志诞生一百周年……………………………… 40
咏郭沫若先生到韶山……………………………………… 40
咏周谷城先生回湖南故里………………………………… 40
悼念王震副主席…………………………………………… 40
聆听何长工同志讲述革命历史感赋……………………… 41

瞻仰向警予故居……………………………………… 41
参观蔡畅同志生平展览……………………………… 41
瞻仰唐群英故居……………………………………… 42
参观黄公略故居……………………………………… 42
纪念左权将军诞辰一百周年………………………… 42
悼念王任重同志……………………………………… 43
忆玉泉山谒见黄克诚先生…………………………… 43
电视剧《黄克诚》观感……………………………… 43
拜会张震副主席有赠………………………………… 44
纪念陈嘉庚先生诞辰一百二十周年………………… 44
集美奠陈嘉庚先生墓………………………………… 44
缅怀师祖白石老人逝世五十周年…………………… 45
颂徐悲鸿先生光辉一生……………………………… 45
读朱少清将军传略…………………………………… 45
怀念老领导万达同志………………………………… 46
贺老诗翁臧克家九十华诞…………………………… 46
曹瑛同志骨灰撒汨罗江奠祭………………………… 46
恭读杨第甫同志《世纪回眸》……………………… 47
北京白石故居访齐良迟老先生……………………… 47
沉痛悼念齐良迟老师………………………………… 47
王遐举老师重游长沙………………………………… 48
贺屈正中部长七十七岁华诞………………………… 48
蔡伦故里行…………………………………………… 48
谒成吉思汗陵………………………………………… 49
海口瞻仰海瑞墓……………………………………… 49
沙角炮台怀古………………………………………… 49

参观虎门林则徐纪念馆……50
瞻仰吉安文天祥纪念馆……50
汕头莲花峰凭吊文天祥……50
浏阳大夫第忆谭嗣同……51
湘潭县谒王闿运故居……51

当代政要篇

参加江泽民同志韶山座谈会……55
聆听江泽民同志十五大报告……55
江泽民同志亲临长江指挥抗洪感赋……55
学习胡锦涛同志《八荣八耻》荣辱观……56
胡锦涛同志亲临汶川指挥抗灾……56
颂胡锦涛同志《八荣八耻》之歌……56
选举朱镕基同志任全国人大代表……58
贺朱镕基同志当选国务院总理……58
聆听朱镕基同志"十五"纲要报告……58
温家宝总理巡视湖南资兴洪灾区感咏……59
温总理汶川身先抗灾……59
学习尉健行同志在中纪委三次全会上的讲话……59
读尉健行同志在中纪委四次全会上的讲话……59
读马万祺先生诗词选……60
喜听毛致用同志传达十三大精神……60
香港回归赠董建华先生……60
澳门回归赠何厚铧先生……61
深切悼念毛岸青同志……61
颂王光美同志……61

纪念郭森同志百年诞辰……………………………………………62
参加孙轶青老汕头书法展感赋……………………………………62
郑州参观孙轶青老书法大展（二首）……………………………62
　　（一）……………………………………………………………62
　　（二）……………………………………………………………62
痛悼孙轶青会长……………………………………………………63
壬午京华拜访同乡张学东中将……………………………………63
观熊清泉同志画展感赋……………………………………………63
赠徐悲鸿夫人廖静文馆长…………………………………………64
题国画南岳松云赠储波同志于内蒙………………………………64
题沈醉老先生故乡行………………………………………………64
欢送郑培民同志荣调湘西…………………………………………65
深切怀念郑培民同志………………………………………………65
赠北京市纪委书记程世娥…………………………………………65
答谢蒋建国部长……………………………………………………66
贺刘力伟同志任副省长……………………………………………66

反腐倡廉篇

党的六十八周年诞辰表彰会感赋…………………………………69
在上海欢庆建党七十周年…………………………………………69
颂建党七十周年……………………………………………………69
颂党的七十九岁生辰………………………………………………70
庆祝建党八十二周年………………………………………………70
党的八十六岁生日感赋……………………………………………70
喜迎党的十六大……………………………………………………71
颂十七大……………………………………………………………71

学习十七大党章 …………………………………… 71
学习中央《廉政准则》…………………………… 72
赞湖南反腐倡廉电视文艺晚会《清风颂》……… 72
树立"八荣八耻"荣辱观 ………………………… 72
在改革中坚持从严治党 …………………………… 73
反腐败要实行标本兼治 …………………………… 73
边远山区扶贫感咏 ………………………………… 73
反腐败要尽职尽责 ………………………………… 74
纪念《代表法》实施十周年 ……………………… 74
人大代表呼吁厉行节约 …………………………… 74
为益阳市反腐倡廉诗集题 ………………………… 75
开封府衙前散步作 ………………………………… 75
颂忠诚卫士英模报告团 …………………………… 75
赞永兴县反腐倡廉研讨会 ………………………… 75
听汨罗市激浊扬清演讲 …………………………… 76
赞汨罗市政务公开 ………………………………… 76
岳阳市机关干部服务基层见闻 …………………… 76
赞纪检监察信访干部 ……………………………… 77
湖南纪委加强干部队伍建设 ……………………… 77
观望城县纪委反腐热点辩论赛 …………………… 77
赞治腐治贫两手齐抓 ……………………………… 78
长沙市纪委为商业集团挂牌保护 ………………… 78
长沙市纪委对天心实业公司挂牌保护感赋 ……… 78
赠西藏纪检监察战友 ……………………………… 79
领导干部楷模汪洋湖同志 ………………………… 79
颂"百姓书记"梁雨润同志 ……………………… 79

西柏坡学习"两个务必" …………………………………… 80
向全国反腐卫士曹克明同志学习 ………………………… 80
赞黑河市纪检监察干部 …………………………………… 80
赞吴仁宝同志勤廉创业精神 ……………………………… 81
赞宁夏共产党人的硬骨精神 ……………………………… 81
听周伯华省长反腐工作报告 ……………………………… 81
学习人民公仆龙清秀同志 ………………………………… 82
反腐勇士南岳荣登热气球 ………………………………… 82
贺《中国纪检监察报》创刊五周年 ……………………… 82
贺首届清风文学笔会在长沙天心阁召开 ………………… 83

师友酬唱篇

电影《焦裕禄》观后 ……………………………………… 87
颂"永远活在人民心中的县委书记——谷文昌" ……… 87
赠师兄白石孙齐展仪先生 ………………………………… 87
感谢展仪兄劝余学画 ……………………………………… 87
赠诗友、著名国画家曾晓浒 ……………………………… 88
题曾晓浒教授画陆羽品泉图 ……………………………… 88
题曾晓浒教授《玉柳荷凤图》 …………………………… 88
瞻仰欧阳海烈士纪念园 …………………………………… 88
悼萧长迈老先生 …………………………………………… 89
悼诗人萧湘雁先生 ………………………………………… 89
贺萧志彻老师七十大寿 …………………………………… 89
贺王俨思教授《诗心文韵集》出版 ……………………… 89
赠霍松林教授 ……………………………………………… 90
陪刘征先生游橘子洲 ……………………………………… 90

赠刘人寿老先生	90
郑州拜会林从龙先生	91
贺林从龙老先生八十寿辰	91
祝伏家芬老先生八十华诞	91
步钟家佐同志"八十初度"原玉	92
戊子春节岳阳乡友雅集奉赠	92
湖南诗协成立二十周年感赋	92
《岳麓诗词》百期志庆	93
龙岩首届海峡诗会感赋	93
龙岩新貌观感	93
参加二十届兰亭书法节	94
国庆四十周年感怀	94
秋日杂咏（二首）	94
（一）	94
（二）	95
访四川诗词协会	95
赠成都画虎师陶培麟	95
参加衡阳市天子山诗界联谊会感赋	95
登南岳祝融峰	96
全国二十一届（湖南衡阳）中华诗词研讨会	96
八九年国庆莲城各界座谈会	96
贺郴州市诗协四次代表大会	96
欣赏昆剧清唱	97
步柏扶疏同志采风王莽岭原韵	97
永遇乐·湘江寄思	97
香港回归十年颂	98

贺中华诗词学会成立二十周年……………………… 98
卢沟桥感怀……………………………………………… 98
为欧阳笃材老《鸿雁》画题咏………………………… 98
祝贺曾玉衡老先生九十四岁寿辰……………………… 99
贺曾玉衡老先生九十七岁生辰………………………… 99
序旷瑜炎同志《岁月吟韵》…………………………… 99
贺旷瑜炎《衡岳词韵》出版…………………………… 99
序《新邵古今诗联选》………………………………… 100
为虎子先生画《万马奔腾》题………………………… 100
颂新世纪第一个春节…………………………………… 100
湘江行吟………………………………………………… 100
为慈母守灵……………………………………………… 101
七十初度………………………………………………… 101
白石故居寄萍堂访齐由来先生………………………… 101
赠赵清平同志…………………………………………… 102
陪刘章先生游张家界…………………………………… 102
奥运圣火过长沙………………………………………… 102
赠离湖诗社……………………………………………… 102
为胡玉明沉醉张家界诗集题…………………………… 103
为宜章梅田镇题画……………………………………… 103
浏阳花炮赞……………………………………………… 103
绵阳传递奥运圣火……………………………………… 103
贺新化萸江诗社成立二十周年（二首）……………… 104
　　（一）……………………………………………… 104
　　（二）……………………………………………… 104
贺衡阳市诗词学会七次代表会………………………… 104

标题	页码
张家界黄家坪村扶贫颂	104
观临澧一小诗词擂赛	105
题辰溪县诗协成立十周年	105
参观湘乡水泥厂	105
贺雨花区荣获全国诗词之乡	105
贺长沙诗人协会成立二十周年	106
湖南天运林工集团赞	106
贺会龙诗社成立十周年	106
祝南岳诗社、南岳书画社成立十周年	107
慈利县宜冲乡扶贫调查	107
为家乡养猪场题	107
题北京奥运村开村	107
为吴湘清诗集题	108
题汉寿县小学诗教	108
贺潇湘散曲社成立	108
赞宜章县上寮村	108
鸡年恭贺	108
猴年春节颂词	109
甲戌春节感祝	109
丙戌辞岁感怀	109
丁亥春节拜年诗	109
鼠年新春感咏	110
戊子迎春奉赠岳阳乡友	110
己丑春节贺辞	110
虎岁迎春颂	110
贺岳阳市诗词协会成立	111

春满怀乡	111
致谢省人大	111
贺长沙县迁治十周年	111
丁亥清明乡友雅聚捐资新农村建设	112
颂省七届残运会	112
贺王巨农老先生八十寿辰	112
挽王巨农先生	112
乱砍滥伐咏叹	113
赞田心医院石海澄院长	113
贺家铁同志荣调中央组织部喜赋	113
作家爱心书屋存念	113
忆长沙文夕大火	114
陪军区蒋、文二将军点验湘潭市民兵	114
喜迎北京奥运会	114
突闻铁肩局长李大幸去职	115
观神舟七号升空喜咏	115
为安化县清塘铺镇授牌	115
袁隆平院士杂交水稻赞	115
改革开放三十年之颂	116
赠蔡博同学	116
送培民湘西赴任夜宿桃花源	116
赞长沙县诗词进校园	116
深切怀念曹文斌同志	117
星沙颂	117
贺阳江市荣获全国"诗词之市"	117
学习党章	117

贺湘潭市六次文代会	118
贺湘潭市广播电台建台三十周年	118
香港回归十年颂	118
欢送易鹏飞同志赴任怀化市长	118
读张银桥同志《望却资阳是故乡》	119
迎亚运诗（二首）	119
（一）	119
（二）	119
贺湖南城建职业技术学院五十周年庆典	119
戊子春桃源县诗乡考察	120
芷江侗族自治县十周年志贺	120
贺靖州苗族侗族自治县成立十周年	120
赞湘泉集团公司创业精神	121
贺湘西土家族苗族自治州成立四十周年	121
汶川抗震（六首）	121
一、惊闻突发强烈地震	121
二、汶川震灾牵动全国人民	121
三、军警显英雄本色	122
四、天下华人踊跃捐资	122
五、老师舍生救护学生	122
六、灾民帐篷城	122
颂抗洪英雄高建成	122
颂神舟五号科研伟绩	123
赞"海空卫士"王伟	123
严厉谴责北约轰炸我驻南使馆	123
甲戌人民解放军英勇抗洪	124

解放军长江抗洪之歌	124
赠黄祖示将军	124
黄祖示与刘志艳会见	125
陪陈培民中将登南岳	125
颂衡阳消防"1 1·3"灭火英雄群体	125
赞"舍己救人英雄"刘志艳	126
何耀东将军由湖南调广州军区	126
赠湘籍著名书法家李铎将军	126
颂302医院老军医姜素椿	127
参观北京8685部队英雄营	127
祝贺北航院庆四十周年	127
军旅书法家夏湘平回湘有赠	128
贺"红色前哨连"命名四十年	128
赠广州军区后勤部长袁源将军	128
赠北京卫戍区李锡金同志	129
赠蓝宝石公司总经理王力游	129
天安门城楼观亚运火炬交接仪式	129
北京劳动人民文化宫庆亚运晚会	130
观看十一届亚运会开幕式	130
赠首都奋战非典白衣战士	130
欢迎申奥功臣胜利归来	131
北京申奥成功致谢萨马兰奇	131
参观燕山石化公司	131
中央党校学习感怀	132
中央党校校友欢聚中秋	132
赞梅兰芳金奖大赛	132

太阳岛抒怀	133
瑷珲条约签订旧址感叹	133
向人民的好书记张鸣岐学习	133
辛巳中秋天津途中赏月	134
赠包钢林东鲁董事长	134
包钢颂	134
赠包钢党委曾国安书记	135
辛巳冬再观包钢新貌	135
赠红福集团张来福董事长	135
赞阿地力南岳高空走钢丝壮举	136
赞中纪委西藏采访组	136
我爱西藏	136
赠民政部张文范司长	137
贺吴尊文教授八十五岁寿辰	137
访太钢李双良	137
赞南街村党委书记王宏斌	138
南街村干部"傻子精神"	138
赤壁三国文化旅游诗词创作会奉题	138
贺邓先成老八十寿辰	139
贺邓先成同志书法展	139
贺先成同志《野草闲花集》出版	139
遵义感怀	139
听徐虎先进事迹报告	140
期望世界和平共处	140
赠张家港原市委书记秦振华	140
红豆衫赋	141

甲申兰亭诗会感咏…………………………………… 141
贺湖南省七次文代会………………………………… 141
湖南诗协二届一次会议感咏………………………… 142
贺湖南省"诗词之乡"书画展……………………… 142
癸未中秋邀诗友座谈诗词发展……………………… 142
贺湖南省书协成立十周年…………………………… 143
赞文选德力倡湖南先导工程………………………… 143
赞新税法……………………………………………… 143
赠湖南税务工作者…………………………………… 144
贺杨应修老画家从艺六十年………………………… 144
浏阳市荣获全国"诗词之乡"称号………………… 144
贺《湖南日报》创刊四十五周年…………………… 145
贺《诗词之友》创办十周年………………………… 145
湘剧大师徐绍清百年诞辰纪念……………………… 145
观湘剧《马陵道》…………………………………… 146
贺省会计事务所成立十周年………………………… 146
湘潭市政协六届四次会议…………………………… 146
颂韶山党支部………………………………………… 147
贺韶山市诗联学会成立二十周年…………………… 147
庚午湘潭市重阳佳节颂……………………………… 147
赠湘潭夕阳红老年服务中心………………………… 148
贺田翠竹老八十寿辰………………………………… 148
赠杨向阳教授………………………………………… 148
题丁剑虹教授画《看万山红遍》…………………… 149
赠白石孙齐灵根先生………………………………… 149
挽李寿冈先生………………………………………… 149

赠赵志超同志	149
赠师弟王东常先生	150
贺杨韵琴医师从医四十年	150
赠五菱集团公司	150
赠湘潭市曙光学校廖哲敏老师	151
贺湘潭柴油厂建厂四十周年	151
九二年湘潭重九联谊经贸洽谈记盛	151
观湘潭市儿童鼓号舞	152
赞白石诗社下厂采风	152
赠湘潭毛纺厂	152
湘潭庆祝国庆四十周年感赋	153
贺赵协成荣获教育、抗洪功臣	153
贺程明德同志荣获全国劳模	153
赞长岭炼油厂	154
辛巳清明洞庭大桥采风	154
颂单先麟先生抗日爱国精神	154
恭读李曙初诗集《锦葵吟》	155
遥祭李曙初同志	155
贺塔市林场建场四十周年	155
参加华容万庾大桥通行典礼	156
梦回故乡	156
故乡江岸感怀	156
故乡春韵	157
游子赋	157
怀乡赋	157
题塔市驿镇光荣院	158

刘传贵父母百岁诞辰和韵 158
题丁剑虹教授华容山水画 158
题丁剑虹为省纪委培训中心绘画 159
邀蒋国平同访华容塔市镇 159
伍市工业园开园志庆 159
洞庭湖区团结抗洪 160
益阳山乡竹咏 160
赞常德诗墙成为湘楚文化新亮点 160
贺常德诗墙荣获吉尼斯纪录 161
壬午洞庭抗洪记 161
中华诗词学会委托考察汉寿县诗协工作 161
贺全国第四次中青年诗词研讨会永兴召开 162
赞郴州地区医院曾连弟医师 162
赠青年建筑家袁俊杰 162
井冈山欢庆建军六十三周年 163
贺龙虎山诗会 163
题《湖南大学在辰溪》 163
周景星老八十寿辰和韵 163
戊寅夏福州聚湖南乡友 164
赠厦门诸位华容乡友 164
读琼瑶自传 164
斗非典捐躯好医生邓练贤 165
深圳中华诗词学会十三届研讨会 165
广东阳江全国十八届诗词研讨会 165
赠蔡先平董事长 166
上海世博会赠先平仁弟 166

观陈沛华广州画室 …… 166
悼彭宗佑同志 …… 166
赠香港金桂实业有限公司 …… 167
赠林木坤先生 …… 167
澳门回归倒计时感赋 …… 167
澳门归帆赋 …… 168
参加澳门全球汉诗第四届研讨会 …… 168
贺《湖南对外贸易》创刊十周年 …… 168
赞中国名茶湘波绿 …… 169
赞亚华种业集团公司 …… 169
赞湖南路桥公司 …… 169
己丑岁几家"诗词之乡"贺忱（六首） …… 170
 一、岳阳市荣获全国"诗词之市" …… 170
 二、湘潭市创建"诗词之市"感赋 …… 170
 三、湘潭县荣获全国"诗词之乡" …… 170
 四、衡山县全国"诗词之乡"挂牌 …… 171
 五、岳阳县荣获全国"诗词之乡" …… 171
 六、长沙县果园镇荣获"诗词之乡" …… 171
贺洞庭诗社成立三十周年 …… 171
贺天心区诗词书画协会成立 …… 172
贺湘潭县湘绮楼诗社成立二十周年 …… 172

游历篇

己巳春湘潭赴职过昭山（四首） …… 175
 （一） …… 175
 （二） …… 175

（三）……………………………………………… 175
　　（四）……………………………………………… 175
长沙公路赞……………………………………………… 176
访广西桂林诗（六首）………………………………… 176
　　一、桂林颂………………………………………… 176
　　二、参观灵渠感赋………………………………… 176
　　三、游漓江………………………………………… 177
　　四、游七星岩……………………………………… 177
　　五、赞芦笛岩……………………………………… 177
　　六、登叠彩山……………………………………… 177
重游广西诗（四首）…………………………………… 178
　　一、贺广西诗词学会五次代表会………………… 178
　　二、登广西凭祥友谊关…………………………… 178
　　三、南宁歌王对歌会……………………………… 178
　　四、广西明江花山题咏…………………………… 178
上海朱家角采风（四首）……………………………… 179
　　一、朱家角赞……………………………………… 179
　　二、淀山湖即景…………………………………… 179
　　三、参观朱家角古街道…………………………… 179
　　四、朱家角古街闻笛感赋………………………… 179
河南南阳三咏…………………………………………… 180
　　一、谒南阳医圣祠………………………………… 180
　　二、参观恐龙遗迹园……………………………… 180
　　三、游卧龙冈……………………………………… 180
道州·江永之行（五首）……………………………… 181
　　一、谒寇公楼……………………………………… 181

二、访何绍基故宅…………………… 181
　　三、茂叔故宅学《爱莲说》………… 181
　　四、江永桃川观感…………………… 181
　　五、濂溪源头感赋…………………… 181
荆州行吟（五首）………………………… 182
　　一、步李文朝将军原韵……………… 182
　　二、太湖桃花村即兴………………… 182
　　三、荆州区诗乡考察感赋…………… 182
　　四、登荆州古城……………………… 182
　　五、八岭中学诗教成果赞…………… 183
登龙山药王岭……………………………… 183
栾川老君山诗（三首）…………………… 183
　　一、登老君山伏牛岭………………… 183
　　二、老君山清静无为亭观景………… 183
　　三、鸡冠洞感赋……………………… 184
参加西安古城金榜诗词论坛……………… 184
古城金榜诗词论坛侧咏…………………… 184
登楼观台…………………………………… 184
行中望临汾尧都…………………………… 185
黄河壶口瀑布壮观………………………… 185
过平遥古城………………………………… 185
赞黎托镇养心斋…………………………… 185
常宁市观"中国印山"…………………… 186
白水洞探幽………………………………… 186
拜乐山大佛………………………………… 186
登峨眉山万年寺…………………………… 186

参观永定土楼	187
梅花山观虎	187
游杭州西溪六咏	187
一、古渡寻梦	187
二、浣纱叹	187
三、寻迹秋雪八景	187
四、溪河木舟行	188
五、晚风流霞韵	188
六、春风沐浴西溪	188
重走长征四渡赤水之路	188
重访遵义	189
登娄山关	189
湘南莽山行（五首）	189
一、登山行中	189
二、鬼子寨攀行曲	189
三、栈道奇景	190
四、沿溪风采	190
五、登莽山天台山	190
山西晋城会议随咏（五首）	190
一、晋城胜状	190
二、登王莽岭	191
三、长平怀古	191
四、赞锡崖沟精神	191
五、观皇城相府	191
陪展仪先生及家人访白石故居星斗塘	191
二〇〇四年中国绍兴水城风情旅游观感	192

白云岩溪行	192
古城淮安	192
广东阳江参加全国十八届诗词研讨会	193
阳东县荔枝园感咏	193
参观杨么水寨	193
参观汉寿县三中感咏	193
为谭雳《韵园拾趣》题	194
猛洞河一线天	194
猛洞河泛舟	194
谒武侯祠	194
瞻杜甫草堂	195
仰三苏祠	195
赞成都新貌	195
赞河南梨园春酒厂	195
凭吊曹植墓	195
赠常德华天酒店	196
临澧县诗意公园感怀	196
贺湘潭重建万楼	196
奥运火炬过长沙	196
水府庙水电站览胜	197
庭院闻橘花香赋	197
参观浏阳道吾山国家森林公园	197
新千年谒望城雷锋纪念馆	198
游卢沟桥	198
登长城八达岭	198
长城慕田峪览胜	199

题北京老舍茶馆……………………………… 199
乘舟游黑龙江……………………………… 199
长白山放歌………………………………… 200
访图们江…………………………………… 200
登东山观鞍钢……………………………… 200
旅顺口之歌………………………………… 201
大连白玉山炮台感赋……………………… 201
大连经济开发区剪影……………………… 201
参观天津大邱庄印象……………………… 202
参观西柏坡………………………………… 202
赵州桥览胜………………………………… 202
参观河北白沟集贸市场…………………… 203
夜游白洋淀………………………………… 203
观内蒙大青山……………………………… 203
参观昭河牧区……………………………… 204
呼伦贝尔草原放歌………………………… 204
赞呼伦湖…………………………………… 204
车过伊盟草原……………………………… 205
游呼市哈素海……………………………… 205
参观曲阜孔府……………………………… 205
登泰山……………………………………… 206
游蓬莱岛…………………………………… 206
乌鲁木齐新貌……………………………… 206
吐鲁番风情赞……………………………… 207
新疆天池观景……………………………… 207
西域火焰山奇观…………………………… 207

拉萨观景	208
赞拉萨市八一农场	208
日喀则风物颂	208
颂雅鲁藏布江	209
兰州皋兰山观感	209
敦煌感咏	209
登贺兰山	210
沙湖览胜	210
黄河金水园	210
青海湖放歌	211
西宁九八《中国纪检监察报》工作会议	211
参观秦始皇兵马俑	211
登北岳	212
参观酒都杏花村	212
五台山游南山寺	212
五台山登菩萨顶	213
五台山朝金阁寺	213
谒汤阴岳王庙	213
参观林县红旗渠	214
南街村新貌	214
参观葛洲坝水库	214
长坂坡赵云塑像前	215
瞻仰红岩革命纪念地	215
参观渣滓洞监狱	215
观黄果树瀑布	216
赞石林	216

滇池观感	216
游洱海	217
登昆明大观楼	217
上海东方明珠眺望	217
奠雨花台烈士纪念馆	218
杭州西湖感赋	218
谒合肥包公祠	218
黄山观松	219
登黄山信始峰	219
陪万达、孙国治二老湘潭雨湖赏菊	219
登岳阳楼	220
天下洞庭赞	220
喜见洞庭湖重返清波	220
梦湘妃游览洞庭湖	221
二〇〇一年元旦回乡初过洞庭大桥	221
君山团湖香荷颂	221
辛巳清明君山茶场即兴	222
游华容沉塌湖	222
华容县东湖泛舟	222
重游华容东湖	223
亚华南山牧场览胜	223
城步登南山途中	223
乙亥登夹山寺	224
游桃花源	224
重访沅江	224
娄底新城感赋	225

赞涟源湄江	225
湄江仙人桥览胜	225
游涟源白马湖	226
登药王岭	226
张家界金鞭溪奇景	226
游武陵源天子山	227
登黄狮寨	227
再登黄狮寨巧遇春雪	227
张家界西海观云	228
雨中游十里画廊	228
游武陵源黄龙洞	228
天子山遇浓雾	229
咏宝峰湖	229
题张家界土家族风情园	229
赞张家界王家坪乡文明新风	230
甲戌季夏登苏仙岭	230
游郴州飞天山	230
游览东江水库喜赋	231
东江山庄作客	231
永兴便江即景	231
参观零陵卷烟厂	232
湘西猛洞河漂流	232
参观湘西德夯苗寨	232
访湘西凤凰县	233
永顺"不二门"奇观	233
登滕王阁	233

癸未秋参观井冈山龙潭…………………………………… 234
赞福州巨变………………………………………………… 234
登武夷山天游峰…………………………………………… 234
鼓浪屿干休所回顾………………………………………… 235
鼓浪屿望金门岛…………………………………………… 235
游金门大旦岛遇雨………………………………………… 235
三亚南滨农场新貌………………………………………… 236
三亚南山风景区…………………………………………… 236
参观天涯海角……………………………………………… 236
乘飞机赴海南途中………………………………………… 237
今日虎门镇………………………………………………… 237
潮州谒韩祠………………………………………………… 237
东莞市巨变………………………………………………… 238
赞番禺丽江花园…………………………………………… 238
乘游艇观香港夜景………………………………………… 238
游香港海洋公园…………………………………………… 239
澳门回归颂………………………………………………… 239
参观上海世博会…………………………………………… 239
过杭州湾跨海大桥………………………………………… 240
重上舟山岛………………………………………………… 240
访舟山朱家尖大青山公园………………………………… 240

对联篇

赠刘明欣同志……………………………………………… 243
赠张银桥同志……………………………………………… 243
赠张大伟同志……………………………………………… 243

悼念万达老首长 …………………………………… 243
悼念尹子明同志 …………………………………… 243
悼念石新山同志 …………………………………… 244
悼念郑培民同志 …………………………………… 244
敬挽杨第甫同志 …………………………………… 244
悼念徐春高同志 …………………………………… 244
悼念谢向荣同志 …………………………………… 244
悼史穆先生 ………………………………………… 245
赞新税法联 ………………………………………… 245
自　勉 ……………………………………………… 245
为华容万庚新民村题联 …………………………… 245
赠涟源龙塘镇联 …………………………………… 245
题桃花源天宁书院联 ……………………………… 246
题清塘铺镇 ………………………………………… 246
题田心医院 ………………………………………… 246
为华容景云饭店题 ………………………………… 246
为网易文联精品古典诗词集题 …………………… 247
华容县"华容道"联 ………………………………… 247
题华容怀乡中学 …………………………………… 247
题华容桃花山王灵寺 ……………………………… 247

后　记 ……………………………………………… 249

先贤篇

谒炎帝陵

修陵祀祖缅先皇，秀水明山拱殿堂。
味草兴农生命系，开疆乐土福源长。
晨钟暮鼓扬风范，大德高威耀国光。
一脉中华同造化，神州十亿乐康庄。

九嶷山拜舜帝陵

舜陵高耸立遥空，圣地风光共仰崇。
帝子深情传世上，先皇大德感心中。
沿溪品竹千重碧，越岭飞霞万朵红。
犹似为民肝胆照，承先启后意无穷。

屈子祠感怀

金秋碧水叹怀沙，千古诗魂振国华。
爱国忧思阐苦口，酬民赤胆比霓霞。
黔中壮举空襄鼎，泽畔悲吟难有家。
唯见离骚光照永，年年端午化江花。

瞻仰平江杜甫墓七律叙说（八首）

一、壬午春首瞻杜墓

蛛网纷垂不绝丝，凄凉景象起忧思。
铁屏屋顶漏如斗，僧舍庭前洞若池。
荒草乱蓬谁料理，残垣断壁待扶持。
奔呼抢救关文运，胜迹重辉定有时。

二、壬午夏再瞻杜墓

葺修何敢畏艰辛，冒雨驱车谒墓门。
文物子遗人手拾，殿堂寥落我心焚。
山排仪仗朝诗圣，水织花环奠国魂。
枝上灵禽声悦耳，嘤嘤成韵报芳春。

三、壬午冬三瞻杜墓

暇日又临工部祠，为修圣殿再研思。
园栽橘柚添新象，壁画龙蛇适旧基。
翠竹尚余清爽气，苍松犹挺傲然枝。
诗坛继往开来日，李杜同尊万古师。

四、癸未春四瞻杜墓

毕竟春回日暖时，杜陵今焕艳阳枝。
残碑已复原风貌，古碌犹支大殿基。
高峻围山增异彩，清澄泪水寓新诗。
仰瞻共起思齐意，世代同心护圣祠。

五、甲申夏邀老友曾晓浒教授五瞻杜墓

曾公与我共情痴，连袂江村谒圣祠。
欲借清风驱俗气，犹遵古韵颂明时。
骄阳似火丹心映，芳草如云晓露滋。
胸有先贤忧乐感，一腔热血化成诗。

六、乙酉秋参加杜墓竣工典礼及杜诗研讨会

龙腾泪水起飞虹，杜墓兴修喜竣工。
一岭芳华迎大庆，十分感慨叙高朋。
忧时共盼风帆正，报国唯期肺腑同。
论到诗词源本处，民心入韵古今雄。

七、丙戌秋谒杜墓感思

细览山丘感叹生，杜陵何日更兴荣。
展厅面世添风采，游历于人尚激情。
草木能为春雨润，诗书可鉴舜天清。
承传薪火华光灿，不负前贤千古名。

八、丁亥夏陪北京诗友谒杜墓

为察诗乡圣地游，何妨烈日烁当头。
遗阡画壁雄姿在，展室吟章正气浮。
泪水盘沙清见底，铁瓶怀古鉴登楼。
人间千载哀民史，点滴胸中卷巨流。

成都瞻仰杜甫草堂

草堂瞻仰意昂扬，溪畔花开赠客香。
水槛遗踪存古韵，碑亭胜迹放光芒。
秋风破屋怜儒雅，兵火殃民痛国殇。
圣哲诗情殷切处，惠人点滴胜甘棠。

登杜甫江阁五律（三首）

一、杜甫江阁赞

一阁临湘水，千帆傍橘洲。
江涛喧古渡，岳色共新秋。
人类求和协，民生乐自由。
登高怀圣哲，盛世好吟讴。

二、颂杜甫对湖湘的挚爱

工部南游日，湖湘爱意真。
橘洲称乐国，江阁悯愁人。
笔劲风雷疾，情深草木春。
昂然诗百首，千载振精神。

三、杜甫湖湘漂泊感叹

戎马江南客，容身历困危。
亲朋无所济，风雨苦难归。
忧国伤时俗，吁天感力微。
哀民吟涕血，涓滴闪光辉。

瞻仰韶山毛主席故居

油灯土舍聚英豪，领袖群伦德望高。
建党兴邦盟似铁，吊民伐罪檄如刀。
河山再造旌旗举，道路虽通鞍马遥。
接力长征新起点，大江东去涌春潮。

参观韶山陈列馆

松云护馆仰崇高,锦绣韶山一凤毛。
剑戟千锤驱虎豹,工农百战逞英豪。
丰功伟业前贤创,椽笔宏图后辈描。
为保江山传万代,哲人风采记须牢。

参观韶山故园

简朴平楼别有天,凭窗四顾想从前。
沧桑巨变还乡梓,父老深情话苦甜。
访友步行山寨路,尊师礼拜竹林贤。
挥毫一曲故园颂,遍地英雄下夕烟。

参观毛主席回韶山游泳处

晴光潋滟聚方塘,击水当年逸兴长。
展臂清波消暑瘴,抒情雅韵赞家乡。
甘霖润发千峰碧,淑气招来百鸟翔。
寥廓神州春意满,万民击壤颂陶唐。

登韶峰

一峰突起插青霄，和煦春风绿树梢。
地洒甘霖生物旺，山悬赤塔路灯高。
毛公建国功推首，烈士捐躯气最豪。
革命前程凭指引，红旗猎猎故园飘。

重登韶峰

新秋已解夏时劳，重上韶峰竞比高。
万木峥嵘先辈植，千村富美众人操。
清风送爽身增健，号角催征气更豪。
四化航程须奋进，长河浪涌起飞舠。

再上韶峰

峰头俯瞰伟人家，万里长天焕彩霞。
舍己为民功不朽，公心立党志同嘉。
亲人血染河山赤，伟论光增日月华。
更喜神州新雨露，催开十亿向阳花。

韶山毛主席铜像广场

伟人屹立势巍然，日月同辉尧舜天。
四面青山环绿野，三冬秀木放红鹃。
鸿图展示康庄路，巨手开通幸福泉。
何惧征途多险阻，誓酬遗愿勇挥鞭。

韶山重瞻毛主席铜像

又瞻铜像耸高空，仪态如生气概雄。
似是从容为国计，犹思奋斗解民穷。
清廉治吏千秋颂，俭朴修身亿众崇。
滴水流泉滋万物，青山又放杜鹃红。

颂毛泽东的公私观

任是亲情万缕牵，兴邦大事总为先。
公心耿介悬明镜，正气轩昂对昊天。
报国一家英烈献，酬民十亿颂歌传。
毕生功业如山海，不见徇私用特权。

游韶山滴水洞

导师足迹漫追寻，一滴清泉万古声。
石影山光开画卷，龙腾虎歇震威名。
新松新竹生机旺，遗物遗言浩气宏。
教诲最崇民是主，终身服务秉丹诚。

重游韶山滴水洞

又是新秋菊正黄，名山再造意深长。
一峰挺秀云天倚，八景争奇树木藏。
虎啸临风威震远，龙吟空谷事呈祥。
休言滴水无波浪，四海惊涛系此方。

登韶山虎歇亭

虎歇亭如百丈楼，山川美景望中收。
清溪荡漾银波泛，曲径登临黛色浮。
领袖当年曾览胜，人民此日共寻幽。
神州万里春光好，敢换新天志已酬。

参观韶山学校

别梦依稀故里回,校园视察响春雷。
深情体现新题匾,厚望叮咛广育才。
四座生风张口笑,丛花沾露向阳开。
伟人离去关怀在,不尽光辉照讲台。

祭韶山烈士陵园

肃穆陵园奠五雄,虔诚敬仰上牛峰。
红旗卷戟光华在,烈士捐躯肝胆同。
百折亭高凝浩气,青松岭峻挂长虹。
苍天亦受英灵感,雨露常滋花更红。

参观韶山诗词碑林

逐级登阶仰止高,碑林耸立领风骚。
诗情飘逸排云鹤,笔势纵横得雨蛟。
击水三千抒壮志,悲歌一曲落狂飚。
斯人绝唱光诗史,化作春雷醒后曹。

观韶山灌渠感赋

渠水清清稻菽黄,飞流万顷富千乡。
日行山径花铺路,夜访农家谷满仓。
乐业齐夸政策好,丰收共赞党恩长。
伟人故里春长驻,生活提前达小康。

韶山迎宾桥遐思

水有源头山有峰,韶山胜景万千重。
头颅血染旌旗赤,剑戟钢成气概雄。
国泰须求纲纪正,民勤可获稻粱丰。
迎宾桥上清风爽,夕照松杉绿映红。

谒毛主席到安源塑像台

塑像台前接翠微,毛公指处彩云飞。
田畴细作秧歌伴,屋宇精修果树围。
饮水思源铭掘井,登高望远送奔骓。
依然跋涉长征路,共向东方沐曙晖。

癸酉秋再仰毛主席遗容

再绕水晶观尽祥，金兰党帜映容光。
功昭日月春晖在，德系民心泽惠长。
大度雄风惊海宇，安邦决计效炎黄。
承先报国争强盛，十亿扬鞭奔小康。

纪念毛主席九十诞辰

冥诞欣逢九十秋，共钦大略与嘉猷。
王侯粪土从容扫，社稷疮痍不复留。
草履布衣天下计，馋狼饿虎网中收。
神州换得新天地，主席勋名万古流。

纪念毛主席九十五岁诞辰

浩浩苍穹一柱擎，井冈烽火照黎明。
舍家救国情何壮，革命为民理至精。
武略文韬谁与匹，功高德厚世同钦。
雄文千古光华在，翘首京都敬国英。

纪念毛主席九十八岁诞辰

哲人风采去还留,天降甘霖润物稠。
创业同遵强国论,兴邦共作顺时谋。
农村改革开新境,厂矿经营赖善筹。
莫让烟云遮望远,擎旗更上一层楼。

天安门漫步仰望毛主席画像

千古城楼彩帜妍,伟人巨像仰巍然。
灯明华表功昭史,桥贯金河路向前。
应省圆周成败论,尤思执政乐忧篇。
清风扫去尘沙后,万里征途好着鞭。

京华学友聚会纪念毛主席诞辰九十九周年

九九生辰日出东,天安聚会仰遗容。
雄风浩荡千秋业,德政巍峨一代宗。
赤帜飘扬光宇内,鲜花烂漫笑丛中。
尤欣遍地春雷动,改革兴邦向大同。

赞毛主席纪念堂前松柏树

铁干金针可柱天，狂风百折自岿然。
新枝茁壮承春露，大节弥坚历纪元。
冰雪每逢虬干挡，凉荫概与路人先。
防虫反腐生机旺，日夜涛声颂杰贤。

参观毛主席纪念堂书画珍品

新梅翠竹伴青松，笔下奇珍各不同。
大树冲天生气满，鲜花漫地盛时逢。
诗书高格扬千古，领袖襟怀薄九重。
日照天安光灿烂，堂前肃穆仰丰功。

参观韶山毛泽东遗物展

领袖遗珍展故园，光辉典范立峰前。
衣裳求俭千针补，饮食无奢众口传。
国事辛劳忘夙夜，黎元冷暖系心田。
朗如日月明如镜，一度瞻依一肃然。

敬谒韶山毛泽东纪念园

一河碧浪引思长,领袖深情系八方。
春柳临风增活力,苍松沐雨挺强梁。
承先共立青山志,济世同怀火热肠。
不负酬民新使命,勤廉二字铸辉煌。

重温毛主席《为人民服务》

窗下灯光接曙光,重温教诲意深长。
为民舍己循宗旨,反腐纠风秉直肠。
事出公心高格见,人持正义美名扬。
无私方有英雄志,报国勤廉事乃昌。

出席电视剧《少年毛泽东》开机典礼

风雨雷霆度少年,诗书奋发立宏篇。
民间疾苦声声应,思想光辉闪闪燃。
父老殷情励远志,人民致力挽回天。
旌旗招引英风展,古老中华起变迁。

参观北京香山毛主席故居双清别墅

苍山古院拥霜枫，一派秋光映日红。
曲径行吟觅胜迹，丰碑景仰逐征鸿。
笙歌高奏太阳颂，芳草多亏雨露功。
小坐庭前思绪涌，清茶老酒论英雄。

爱晚亭怀念毛泽东

肃立高亭敬意倾，麓山爱晚更衷情。
云穿树帐添生气，石漱溪流听颂声。
花放洲头春浩荡，鹤归井畔水澄清。
先驱革命施霖雨，点滴于民润岁耕。

北戴河鸽子窝仰毛泽东词碑

一阁东临海日悬，多情鸽子舞长天。
红崖闪烁光无际，白浪奔腾水有源。
览物由衷兴感慨，论人最喜颂英贤。
毛公绝唱高碑耸，清韵流风在岭巅。

西柏坡瞻仰毛主席故居

千里来寻古寨中，坡前景物喜躬逢。
石磨曾使乾坤转，土屋犹存将帅风。
三大战场赢胜利，六条规则响洪钟。
征程务必防糖弹，为保江山不褪红。

读《毛泽东诗词对联辑注》

长征万里世称雄，血染旌旗映日红。
马上刀环扬壮志，胸中战略建奇功。
枪头火舌妖魔扫，足下风云道路通。
长夜迎来天拂晓，神州坚挺立苍穹。

参观瑞金毛主席领导长征出发点

长征伟略史无前，奏凯而今六十年。
宝剑寒光锋不卷，将军白发老弥坚。
凝眸喜见山河壮，回首难忘岁月迁。
愿借雄风驱瘴腐，神州永葆物华妍。

恭读毛主席《长征》诗

乾坤旋转仗元戎,舒展胸怀唱大风。
虎帐运筹谋远略,枪林布阵逞豪雄。
金沙抢渡官兵勇,草地兼程苦乐同。
饮马延河天渐晓,迎来旭日照苍穹。

读《毛泽东诗词集》

一卷华章不等闲,豪情绝唱振河山。
长征岂惧雄关阻,革命何思衣锦还。
舍己为民张正义,挥师杀敌扫凶顽。
人间春暖安然在,留得诗书耀世间。

影片《毛泽东》观后

毛翁诀别梦思频,举目银屏影映真。
已绘宏图兴大业,更留伟论启吾人。
毕生关切苍生苦,全力争为社稷新。
更喜今贤行亦健,长征接力亦艰辛。

电影《毛泽东和他的儿子》观后

领航开国德齐天，万事从来公在先。
战火无情丧爱子，征程有力着长鞭。
阳光照发花千树，胜利飞旋曲一弦。
我辈为民肩重任，全抛肝胆学前贤。

赞毛主席领导南泥湾大生产

荷锄仗剑战山洼，自力更生万物佳。
野岭寒林欢闹鸟，荒田春水喜鸣蛙。
牛羊腾绿千帧画，稻菽流金万缕霞。
领袖当年功业史，而今倍觉闪光华。

韶山建市思念毛主席

八方宾客涌潮来，万众欢迎笑口开。
领袖家乡新建市，军民歌舞喜登台。
千秋功业同声颂，一岭春光众手栽。
此刻心中增敬念，江山巨变靠雄才。

湘潭市毛泽东诗词研究会成立感赋

诗情似海品如山,博大精深众仰攀。
每读胸中升正气,常研笔底卷狂澜。
东风浩荡英才展,骏马奔腾捷报颁。
十亿神州齐奋进,高歌一曲尽欢颜。

颂毛主席《在延安文艺座谈会上的讲话》发表五十周年

风云五秩去如烟,讲话精神指向前。
战士挥刀扬猛志,文坛把笔著宏篇。
红旗招展长征路,星火燎原不夜天。
岁月更移宗旨在,"二为"千古照华笺。

颂毛主席为韶山邮电局题名

阳光照耀众心坚,信使飞鸿万里天。
四海通联信息网,千家谱写小康篇。
人民爱党红旗举,战士挥鞭骏马前。
报国辛劳舍小我,风流一代好邮员。

夜游玉泉山知毛主席曾住此

星光伴我上玉泉,旋转乾坤弹指间。
塔寺临轩观胜迹,丹园注目敬前贤。
荷池有水通沧海,芳草多情接碧天。
震耳京华强国颂,晨兴举酒庆鸡年。

参加韶山毛主席百年华诞庆典

紫气东来旭日新,霞光灿烂庆生辰。
百年伟业惊天地,四卷雄文冠古今。
韶乐高扬歌厚德,苍松挺立敬忠贞。
山冲十万人潮沸,崛起中华共此音。

湖南省纪念毛主席百岁诞辰文艺晚会

水碧枫红爱晚天,麓山唱彻月儿圆。
帷开首曲长征颂,舞起同歌实践篇。
弦上情思随入梦,心中景仰化为鞭。
前程阔步导师引,改革兴邦众比肩。

湖南省纪委机关纪念毛主席百年华诞献诗

安邦治国脑中弦，忧患于民责在肩。
梦里常噙孺子泪，心头每绕晓村烟。
红旗指路康庄进，理想扬帆奋发前。
百载追思功绩伟，诲人最喜老三篇。

韶山滴水洞矿泉水厂遐思

汩汩清泉抱石流，当年领袖往来稠。
振衣琼阁惊风雨，挥笔蓬山展画图。
企业顷将甘露奉，人民乃向健身求。
源源出产新优品，正把康宁奉五洲。

党的七十八年生日怀念毛主席

年年七月颂声隆，慈母生辰今又逢。
劲草为沾甘雨碧，丹心尽映党旗红。
挺身卫国能蹈火，仗剑安民可伏龙。
华夏儿孙豪气在，长征路上做先锋。

题纪念毛主席诞辰百周年韶山邮展

百年华诞展新邮,方寸为窗览五洲。
领袖光辉心上映,江山风物眼中收。
人文集锦绚多彩,国粹争奇数一流。
时代精神皆体现,亦诗亦画壮神州。

重温毛泽东《整顿党的作风》

读书应用两相通,箭靶关连解意同。
扶正倡廉明大义,除污扫垢肃歪风。
高标望眼胸襟壮,宗旨铭心气概雄。
务实求真齐努力,酬民报国立新功。

学习毛泽东的文学性格

投笔从戎笔未休,长河投石激洪流。
江山喜有伟人助,事业欣为赤子求。
理想崇高兴社稷,文心博大写春秋。
毛公立学多宏论,诸子百家善统筹。

参观毛主席秋收起义旧址

当年义举实堪豪,旧址追寻事未遥。
束带缠腰增气概,梭标在手射魔妖。
怒潮滚滚长河涌,烈火熊熊大地燎。
领袖胸中韬略富,征程一路战旗飘。

电视剧《开国领袖毛泽东》观后

又仰荧屏敬意崇,光华闪烁纪丰功。
刀丛对敌一身胆,虎帐谈兵百计通。
伏虎降龙凭智勇,开天辟地显英雄。
后贤治国承遗志,要保江山代代红。

参观延安枣园毛主席故居

半日延安不倦游,枣园风物喜盈眸。
禾坪尚有征戈立,窑洞曾为济世谋。
领袖关情传史话,人民感念咏新秋。
而今虽是好光景,仍爱辛勤孺子牛。

参观清水塘缅怀领袖毛主席

银波似乳哺英豪,跃马征程万里遥。
建党宗明雄杰起,挥师帜举战歌嘹。
民生体恤心如火,国事操持力挽涛。
无限追思成动力,慎终不改向高标。

读毛泽东词《卜算子·咏梅》

凌霜傲雪咏寒仙,今古诗情意不然。
愁碾芳尘怜作赏,俏藏香洁讳争妍。
崇高品格能为镜,博大胸怀可纳川。
春报人间花锦簇,丛中笑对艳阳天。

纪念毛主席为雷锋题词三十八周年

当年训导学雷锋,长此心中永敬崇。
钉子精神求远志,螺丝品格尚高风。
助人情似春阳暖,爱国心如炉火红。
世纪新程需奋进,无私奉献效英雄。

读毛泽东爱民廉政纪事

观今鉴古察秋毫，不懈征程御腐骄。
政事清明开画卷，民情体恤听声涛。
常为全党昭廉训，力在亲身效朴劳。
一卷读来思律己，心灵深处筑墙高。

学习毛主席在党的七届二次全会报告

征场奏凯立勋标，放眼新程路更遥。
反腐防骄坚意志，开旗创业领风骚。
千秋史事明如镜，亿众关情化作桥。
可把勤廉垂两翼，腾飞不息向高潮。

重温毛主席"两个务必"

世纪新程正远航，双悬"务必"放光芒。
谦虚风范须长保，艰苦操持敢暂忘？
欲与人民谋福祉，宜从自我立坚强。
吾侪共举龙泉剑，腐败奢靡何处藏。

庆祝建党八十周年怀念毛主席

为公立党帅旗先，历数风霜八十年。
宝剑寒光锋未敛，将军白发志弥坚。
瞻前喜见山河壮，回首难忘岁月迁。
革命征程无尽处，承前启后再挥鞭。

全国政协成立五十周年怀念毛主席

英明领袖定鸿猷，国运相商众所求。
党引黎民奔大道，心随赤帜逞风流。
治穷致富春光好，反腐倡廉意气遒。
更待金瓯归一统，宏图伟业固千秋。

重瞻古田会址怀念毛主席

建业艰难仰巨星，幸成决议指征程。
镰锤并举千军勇，生死相依寸土争。
热血蒸消闽夜雨，丹心捧出舜天晴。
古田灯塔光芒射，激浊扬清分外明。

纪念毛主席一百一十五周年诞辰

领袖归兮路正长，铭心刻骨未能忘。
三山推倒功居首，一帜高擎业永煌。
法纪森严邪畏正，官民平等苦同尝。
承前启后宏图展，科技兴邦续远航。

辛亥革命八十周年怀念孙中山先生

渡海孙黄并世雄，旗开粤楚展英风。
枪鸣帝苑皇冠落，政立金陵众志同。
利在人民方有道，胸怀天下即为公。
春秋八十今回首，共仰先驱德望隆。

谒南京中山陵

肃穆陵园一代宗，开天辟地气如虹。
联俄联共兴邦策，反帝反封盖世功。
无悔无私真典范，有为有守是英雄。
毕生奋斗艰难甚，不改丹心向大同。

读孙中山生平事迹感赋

环球奔走展雄韬,拯国忧民第一条。
立党同盟驱鞑虏,宣言合力倒皇朝。
讨袁扬帜风雷激,护法锄奸剑气豪。
天下为公真伟大,丰碑万古仰崇高。

甲申冬瞻黄兴故居

冰霜不阻访凉塘,为颂先贤节义香。
虎帐运筹摧帝制,龙泉振武上征场。
为公岂惜资财尽,杀敌浑将生死忘。
百战功成身自隐,江山带砺大旗扬。

绍兴周恩来故居观后

童年苦砺出英贤,壮志如山可柱天。
黑水屠龙初试剑,燕山逐虎敢挥鞭。
心崇马列红旗举,腹有经纶大任肩。
辅佐兴邦凭智勇,乾坤扭转立新元。

颂周恩来领导南昌起义

东征讨蒋志成城，一发千钧举义旌。
前敌挥戈膺主帅，后援助阵请长缨。
洪波席卷悲歌壮，黑夜迎来曙色明。
创业艰辛须记取，红旗倚仗后人擎。

颂周恩来崇高公仆情怀

武功文治几人同，谋国勋劳誉望隆。
夜夜窗前灯火亮，时时案上画图雄。
胸怀广阔如沧海，党性坚贞若劲松。
一代精忠天下颂，神州万里沐春风。

瞻仰淮安周恩来纪念馆

仰望高台馆阁悬，伟人风采尚依然。
亲和儒雅藏坚毅，机警威严赋凯弦。
策马长征曾伏虎，躬身紫阁乃擎天。
丰碑耸立民心上，万古乾坤一大贤。

颂朱德元帅执纪为民高风亮节

维纲执纪卫新权,开国元戎气浩然。
号令如山摧腐败,规章有序励勤廉。
从严律己清名著,不倦诲人甘雨绵。
艰苦为民忧乐共,高风千古永流传。

参观湘南起义旧址缅怀朱德、陈毅同志

先辈当年肝胆同,湘南义举振雄风。
而今学习光辉样,永葆旌旗映日红。

纪念刘少奇同志诞辰一百一十周年(四首)

一、炭子冲瞻仰刘少奇铜像

狮岭瞻依一肃然,伟人铜像立冲前。
靳江水去清波涌,峡口春回翠树妍。
大业千秋参决策,雄风万里展宏篇。
登高放眼情无限,共仰丰碑颂杰贤。

二、学习刘少奇《论共产党员的修养》

煌煌大著史传留，思想深层论乐忧。
执政倡廉防浊腐，开篇益智启良谋。
熔炉炼志丹心在，宗旨萦怀大业遒。
赖有先贤垂典范，崇高使命永追求。

三、登花明楼

花明水碧上层楼，浩荡山河一望收。
芳草青葱春雨润，雄图宏伟哲贤谋。
刘公国策依真理，徐老诗情励壮猷。
遗教而今兴故里，万千彩笔绘新秋。

四、参观刘少奇故居

燕瓦泥墙百十秋，清芬古雅一平楼。
门迎旭日豪情壮，郡有英贤浩气遒。
横屋坐谈商国是，食堂停办解民忧。
当年事迹依稀在，青史光同日月留。

学习任弼时鞠躬尽瘁精神

航程佐舵不徘徊，巧用神机战阵开。
烟斗云霞凝大智，军营驼影敞高怀。
笑谈捂掌狂飚起，指顾搴旗敌垒摧。
抱病挥师行万里，凯歌一路伴英才。

题任弼时画册

光辉影册捧窗前，一座丰碑耸碧天。
历史风云图画展，英雄业绩史书传。
千锤党性经炉火，百战沙场扫蚁蠓。
今续长征跨骏马，勤廉治国着先鞭。

悼念邓小平同志

风雨征程七十秋，功勋卓著震环球。
沙场叱咤声威壮，宝岛回归夙愿酬。
跨纪工程钦胆识，鼎新决策展谟猷。
骨灰撒向重洋里，化作春霖润九州。

学习小平同志的改革思想

远瞩高瞻敢运筹，深层洞察挽狂流。
删繁除弊生机旺，吐故纳新优胜留。
商贸流通连广宇，工农发展壮神州。
何来大地丰收景，改革春风润物稠。

学习陈云同志论党风

党风论述远高瞻,生死存亡警示严。
思想为公从节俭,行为茹苦化甘甜。
开怀谨慎贪心扰,决策须防信口占。
应学先贤垂典范,用权处处守勤廉。

瞻仰胡耀邦同志故居

土屋高居碧玉环,阶前纵览万重山。
敏溪荡漾连沧海,西岭逶迤列翠峦。
雾里春光灵未泯,峪中石刃锷宁残。
苍坊卧虎藏龙地,代有英雄卷巨澜。

颂胡耀邦同志执政为民精神

百姓呻吟苦难重,少年义举实堪雄。
长征仗剑旌旗引,抗日挥师战火熊。
党政谋谟孚众望,勤廉刚正颂高风。
毕生肝胆难容我,尽在万家忧乐中。

悼念华国锋同志

抗倭义举起交城，南下潇湘拥赤旌。
韶岭蒸霞云树长，洞庭泽物忝禾登。
补天浴日承遗志，弃旧图新惩恶狞。
遽恸新征星顿陨，千秋史册载勋名。

仰湘潭乌石彭德怀陵园

忠魂久盼转乡关，乌石迁陵愿已还。
百战军功为国振，万言书表恤民艰。
丹心可照河山暖，铁骨犹坚岁月寒。
一座高碑同景仰，擎旗阔步向康安。

颂彭德怀好学不倦精神

报国坚贞仰大忠，尤钦苦学俊才雄。
经诗训典儿时诵，马列宏章毕世崇。
奋进为民蹈火海，忧思卫党净妖风。
元戎胆识惊天地，亦自书山宝库中。

乌石苍松

乌石钟神秀，苍松气凛然。
枝横排瘴厉，干直顶天坚。
青鸟同寻梦，昆冈可比肩。
清明今祭酒，相对意绵绵。

参观洪湖革命斗争史忆贺龙元帅

洪湖百里浪何高，贺帅曾经浣战袍。
铁马纵横诛霸匪，红旗招展起英豪。
观音洲上风雷动，周老嘴前士气高。
一路征船过险阻，功归大力挽狂涛。

忆罗荣桓元帅回衡山

长征百战不居功，故里荣归限简从。
陌上含情携旧友，街头着意访恩公。
虚心乞计胸襟阔，大志擎天胆识同。
此日乡关春色好，蓝天碧水颂元戎。

参观罗荣桓元帅故居纪念馆

南湾英杰孕,开国仰元戎。
壮志凌衡岳,声威震昊穹。
长征驰草甸,抗战惩倭凶。
军政殚精力,丰功百世雄。

纪念谢觉哉同志一百二十周年诞辰

济世奇才气宇昂,笔枪并举出家乡。
长征破敌施神武,统战联心倚智囊。
胸可行舟沧海阔,诗能振武赤旗扬。
为民立法倡平等,治国勋劳万古芳。

忆陶铸同志视察醴陵军山

面向基层不等闲,调查实地察军山。
多层对话言长短,一路关心济苦寒。
红日经天人健好,春风拂地社平安。
怡神乐事豪情涌,每忆音容众倚栏。

纪念陶铸同志诞生一百周年

诗人风雅将军骨，静似高山动若雷。
万里戎机操胜券，但悲暴雨折英才。

咏郭沫若先生到韶山

扶筇偕偶韶山行，击节高吟见谊情。
道路绵延追足迹，斯人慷慨晰心声。
颂歌有赞东风健，流响如闻舜乐清。
动静无须随俯仰，云松万古自峥嵘。

咏周谷城先生回湖南故里

离家别梦几多情，满口乡音白发生。
人到耄年能击掌，树高千尺不忘根。
长湖雁渚连心锁，大节清风敬意倾。
职显京华参国政，仍持勤俭保光荣。

悼念王震副主席

浏河激浪接延河，万里长征一曲歌。
汗洒荒原屯菽稻，刀横敌阵斩妖魔。
胸怀坦荡宽无限，意志坚强永不磨。
革命先贤同敬仰，继承遗愿再操戈。

聆听何长工同志讲述革命历史感赋

朱毛会合架桥梁,仗剑相随战井冈。
草地难忘饥饿迫,雪山岂畏敌兵狂。
军工用力抓关键,地质潜心立自强。
建国勋高人共仰,长工名字五洲扬。

瞻仰向警予故居

溆浦江城故宅高,风雷唤起女英豪。
兴邦建党擎天柱,渡海求真旷世骄。
革命坚贞树典范,文章浩瀚涌波涛。
刑场斥敌惊神鬼,万古人间颂节操。

参观蔡畅同志生平展览

大义兴师意志坚,长征立马自巍然。
雪山御敌英风凛,延水安民情意牵。
破俗争圆平等梦,维权敢顶半边天。
功高位显无殊样,留得清廉启后贤。

瞻仰唐群英故居

武略文韬孰比娇，吟香阁主实堪豪。
沙场杀敌双枪勇，女界维权一帜高。
兴教山乡为大众，投身海宇逐新潮。
同盟旋转乾坤幸，巾帼英雄汗马劳。

参观黄公略故居

跃上云山几道冈，奇峰千仞立平房。
黄公名节扬桑梓，彭总诗情重故乡。
革命航通道路阔，旌旗血染曙光芒。
而今我辈学先辈，彻底为民争富强。

纪念左权将军诞辰一百周年

国难当头意纵横，渌江黄埔铸精英。
胸如大海波涛阔，品若清莲浩气升。
浴血沙场施智勇，冲锋战地震雷霆。
太行御敌将星陨，毅魄千秋照汗青。

悼念王任重同志

骤雨黄昏突报哀,两行泪涌哭泉台。
莲城正待迎尊驾,政协尤期展大才。
笔下宏文波浪阔,坐中诲语雾云开。
中华新厦摩天起,可叹中坚折栋材。

忆玉泉山谒见黄克诚先生

众口争传胆气豪,玉泉三谒仰风标。
驰驱不倦如奔马,惩腐从严试利刀。
万里关河征战苦,一腔心血为民劳。
兴邦立业英雄史,大将功齐岱岳高。

电视剧《黄克诚》观感

几度沉浮更健雄,荧屏形象立如松。
胸藏智勇英姿发,事秉公廉大众崇。
正气冲天驱瘴雾,诤言掷地响洪钟。
无私卫党堪模范,永树心中一帜红。

拜会张震副主席有赠

　　幕阜巍峨接远空，平江怒浪起蛟龙。
　　长征克敌一身胆，抗日挥师百战功。
　　卫国坚贞酬壮志，治军严谨展英风。
　　德高望重人刚健，百岁犹存虎气雄。

纪念陈嘉庚先生诞辰一百二十周年

　　潮来沧海振声高，一代英贤起凤毛。
　　爱国爱民兴义举，兴邦兴学立功劳。
　　扶危济困春风暖，憎腐驱邪正气豪。
　　奋斗终身倡节俭，中天侨界大旗飘。

集美奠陈嘉庚先生墓

　　举目云天仰巨鳌，陈公大义立风标。
　　异邦未止忧乡土，助学多方育俊豪。
　　气度如同沧海阔，丰功可比泰山高。
　　中华世代尊侨领，一面红旗映日飘。

缅怀师祖白石老人逝世五十周年

艺苑承传雨露臻,祖师垂范意深淳。
三千学子尊门第,五彩花环化国魂。
画派开宗稀世宝,诗风入雅妙言珍。
清光浩气怡人爽,犹似中天月一轮。

颂徐悲鸿先生光辉一生

童年苦砺压悲愁,直挂云帆作远游。
忍向饥肠争进取,拼为病世决沉浮。
胸怀永志丹青念,事业倾情故国谋。
心血化泥基艺苑,丰功伟绩炳千秋。

读朱少清将军传略

大旺春娃初试芒,长征仗剑战玄黄。
枪林策马英风起,虎帐谈兵赤帜扬。
壮志如山担重任,胸怀似海走云樯。
南疆镇守威名震,卓越功留史册香。

怀念老领导万达同志

跃马挥戈下太行，毕生功绩放光芒。
神枪县令惊倭寇，铁面包公惩虎狼。
勤奋酬民朝夕累，清廉从政姓名香。
三湘父老尊崇甚，亮节高风与世长。

贺老诗翁臧克家九十华诞

九十高龄德更高，岱峰一帜卷云涛。
诗词美自丹心韵，意志坚为烈火陶。
沃土培根生秀木，春光满目舞吟毫。
胸怀正气人崇仰，万丈金霞耀碧霄。

曹瑛同志骨灰撒汨罗江奠祭

悠悠汨水渡灵舟，遗愿终归击浪游。
屈子精神标壮志，党人风骨展宏猷。
长征永记忧民赋，出使常怀富国谋。
无意庙堂功德谱，勋高自有口碑留。

恭读杨第甫同志《世纪回眸》

投笔从戎事远谋，征程回首岁悠悠。
救亡上海雄风凛，保卫延安胆气遒。
立志求真坚似铁，关情反腐恨如仇。
高龄九十跨新纪，道德文章史册留。

北京白石故居访齐良迟老先生

京西老巷几穿行，白石家门敬意生。
古树浓阴遮大院，晴窗雅韵续先声。
华堂促膝乡缘厚，画苑观摩笔格铮。
难得相逢佳作赠，山花远系故园情。

沉痛悼念齐良迟老师

霹雳当头蓦地惊，文星陨落北京城。
名高学富河山共，物换星移笔墨增。
今捧遗章空有泪，再求诲语寂无声。
哲人千古仪形在，仰望窗前皓月明。

王遐举老师重游长沙

信手挥毫泼墨时，京华遐老尽皆知。
风霜炼就凌云志，雨露滋荣向日枝。
岳麓开轩迎老友，天心展纸谱新词。
承先启后丰碑立，无愧书坛一代师。

贺屈正中部长七十七岁华诞

炎凉雪雨总从容，千仞峨眉一劲松。
叶茂枝繁同国盛，根深干挺系时雍。
延河策马挥鞭进，大别擎旗映日红。
晚节如兰香气溢，诗坛共仰老吟翁。

蔡伦故里行

蔡侯造纸奠洪基，千古承传启睿知。
开创科研成巨匠，巧将蓬竹代真丝。
青山永志尚方令，故里犹存太液池。
人类文明新起点，诗书直上白云飞。

谒成吉思汗陵

骏马高原任去来，英雄巨手扫云开。
弯弓射虎飞如电，豪气冲天震若雷。
百战沙场惊敌胆，千秋功业叹奇才。
史评虽有是非论，一统中华最壮哉。

海口瞻仰海瑞墓

心崇耿介访廉轩，春雨楼台仰昔贤。
不染池中澄水静，清风阁上画梁坚。
乾坤凛烈扬忠义，国事悠然立史篇。
不卷刚锋除腐弊，人民感念海青天。

沙角炮台怀古

金锁铜关虎踞中，南疆天险实堪雄。
声威最壮销烟勇，浩气长存节马风。
强敌当前凭大勇，捐躯无悔显精忠。
更崇英烈无名者，皆是云崖万古松。

参观虎门林则徐纪念馆

抗敌销烟奋甲兵,满腔忠烈拒夷英。
疆场不惧刀枪险,廊庙常陈正义声。
社稷安危连赤胆,人民疾苦寄深情。
炮台遗迹今犹在,留得英名照汗青。

瞻仰吉安文天祥纪念馆

披肝沥胆路漫漫,学海沙场两力殚。
锦绣文章留汗简,驰驱鞍马泣刀环。
军中主帅心如铁,阶下南冠志若磐。
就义从容全大节,千秋华胄仰文山。

汕头莲花峰凭吊文天祥

回天报国本知难,唯尽忠贞一寸丹。
望帝空怀心意苦,挥师奋起剑光寒。
观潮致远思长策,倚阁回肠未暂安。
为在人间扬正气,应抛肝胆学文山。

浏阳大夫第忆谭嗣同

独行神韵莽苍苍,社稷倾危顶大梁。
观海深知潮浪猛,怀春不赏瓶花香。
宁披肝胆鞭奸妄,敢挟风雷斗女皇。
一掷头颅何慷慨,国人千古颂浏阳。

湘潭县谒王闿运故居

芳春山雨后,相谒翰林家。
屋破苍苔在,林青爽气佳。
户开三径古,诗赋万民夸。
首领湖湘派,擎旗意自华。

当代政要篇

参加江泽民同志韶山座谈会

韶山滴水海为源,江总寻根喜颂传。
大政宏筹尊老辈,高才广识立新篇。
民生冷暖千情系,国事安危一念悬。
决计从容听众议,故园熙照艳阳天。

聆听江泽民同志十五大报告

恢宏伟业展新猷,盛会惊雷震五洲。
甘雨滋生春草茂,长风推动大江流。
行遵准则廉为美,事出公心志乃酬。
改革推行须奋斗,党人勇敢立潮头。

江泽民同志亲临长江指挥抗洪感赋

长江水患起悲歌,似虎如狼奈若何。
领袖亲临施号令,红旗直指舞征戈。
扶危济困亲人广,死守严防勇士多。
党德关怀甘露洒,军民奋力斩洪魔。

学习胡锦涛同志《八荣八耻》荣辱观

荣辱分明意义浓，春光拂照暖寰中。
日边垂柳摇新绿，雨后晴空现彩虹。
炭送雪中千户暖，花添锦上九州雄。
和谐社会开生面，道德新风继古风。

胡锦涛同志亲临汶川指挥抗灾

中枢令下气如虹，党政军商一贯通。
领袖关情亲履险，抗灾阵上尽英雄。

颂胡锦涛同志《八荣八耻》之歌

丙戌春开冰雪溶，八荣八耻似东风。
吹得江山焕异彩，吹得民心暖意浓。
祖国事业美如花，一片丹心为国家。
应像子女爱慈母，应用赤胆卫中华。
国家强盛民所期，国计民生两相依。
干群爱国肝胆照，前进阔步举红旗。
国事家事有重轻，服务人民最光荣。
先贤为此树榜样，民生民主总关情。
民心好比显微镜，荣辱美丑分得清。
寸心为民谋福祉，才有依依鱼水情。
人类期颐乐永年，生存发展系科研。
人靠科研增胆识，事靠科研促变迁。

唯心主义最无端，不信科学必昏然。
科学实践知行合，自主创新力超前。
古今业绩出于勤，自力更生振精神。
创业舍得挥汗水，可让黄土变成金。
好逸恶劳蜕变根，萎靡颓废必沉沦。
一旦堕落悔恨晚，愧对社会愧对民。
兴邦立业有坎坷，心齐不畏困难多。
团结开创新天地，见贤思齐仰巍峨。
不计私嫌心底阔，纵有沟壑携手过。
同志志在同心干，遇事要唱将相和。
中华民族信誉先，诚实待人美德传。
一肩责任泰山重，一诺千金不食言。
言行一致品正端，光明磊落心坦然。
见利忘义千夫指，人格不值半文钱。
治国不论官与民，法律面前皆等平。
法纪护民民作主，安居乐业事康宁。
举头三尺法纪明，不遵法纪祸必生。
前车之覆后车鉴，不可暗存侥幸心。
远大理想靠实行，艰苦奋斗事业兴。
苦斗多出三分力，事业更上楼一层。
骄奢淫逸危害深，一害国家二害民。
如同缉毒戒奢腐，做个清廉正直人。
文明道德立高标，十亿神州学舜尧。
诲语阐明荣辱观，东风舞动大旗飘。
两个务必明心志，三个代表引路遥。
齐心创立新风尚，文明古国更多娇。

选举朱镕基同志任全国人大代表

虎岁潇湘喜讯传，共将高票选能贤。
酬民自许丹心碎，治国人钦大志坚。
惩腐倡廉凝正气，攻关履险举钢拳。
宏猷赖有生花笔，绘写中华锦绣篇。

贺朱镕基同志当选国务院总理

铁骨铮铮众所钦，刀丛火海敢登临。
胸藏智慧雄姿发，面对妖魔巨手擒。
理想如诗陈远见，豪情似火照当今。
鞠躬尽瘁惟无我，彻底为民奉赤心。

聆听朱镕基同志"十五"纲要报告

报告精神播海陬，一江春水涌洪流。
纵观世界新潮起，屹立中华壮业酬。
力举科研高着点，深推改革再追求。
民生国计争强盛，更上嵯峨百尺楼。

温家宝总理巡视湖南资兴洪灾区感咏

破暑巡灾走僻乡，含情忍泪慰伤亡。
酬民沥胆播春雨，报国擎天立栋梁。
远景高瞻图画展，新村重建号声扬。
党恩深远无伦比，万里清江流水长。

温总理汶川身先抗灾

抗震消灾岂怠延，临危总理最当先。
废墟励志金声振，多难兴邦昂首前。

学习尉健行同志在中纪委三次全会上的讲话

从严治党气如虹，强国犹须扫害虫。
先导红旗开大局，无私铁面立苍穹。
勤廉结合鸿图展，教惩兼行政令通。
拉朽摧枯除隐患，民康物阜树新风。

读尉健行同志在中纪委四次全会上的讲话

反腐除奢不等闲，党人职责重如山。
源头整治千钧力，综合施防几道关。
严格规章纠错乱，高悬法纪惩凶顽。
率先垂范无声令，风雨征途破万难。

读马万祺先生诗词选

一览诗词敬意生,忠贞爱国举华旌。
同仇抗敌殊生死,致力兴商任纵横。
笔管能窥沧海志,心中永系故园情。
而今共唱回归颂,大义高风垂汗青。

喜听毛致用同志传达十三大精神

正值重阳满地金,京华盛会报佳音。
求真务实鸿猷举,立党为公德泽深。
指引航程凭舵手,振兴经济拱中心。
神州大地生机旺,改革新筹胜雨霖。

香港回归赠董建华先生

云开玉宇望飞鸿,宝岛回归唱大风。
两制鸿猷功不朽,百年奇耻恨难穷。
港人治港群星灿,华裔兴华举国雄。
遥祝董公膺重任,太平山上紫荆红。

澳门回归赠何厚铧先生

濠江骇浪接遥空，鱼跃鸢飞搏海风。
故国牵情长夜梦，归心似箭万家同。
巴坊树老根犹健，妈祖春回气自雄。
还我河山成一统，从今合力建新功。

深切悼念毛岸青同志

讣自西山泪雨纷，英才本质是凡人。
雄鹰万里凌云志，热土三湘骨肉亲。
多卷译文凭苦砺，毕生济世抱廉贞。
病魔摧倒参天树，化作清风永伴民。

颂王光美同志

精研中外史，报国伴刘君。
革命全忘我，心灵美愈珍。
顺时胸纳海，逆境气吞云。
济困扬风范，千秋女哲人。

纪念郭森同志百年诞辰

百年风雨路漫漫，苦炼人生一寸丹。
报国酬民惟此愿，神州十亿共康安。

参加孙轶青老汕头书法展感赋

戎马磨成铁臂翁，闲持彩笔舞长空。
诗歌沉实心神健，翰墨飞扬气概雄。
秋月春花常起凤，天风海雨任腾龙。
高标犹似南天柱，皓首丹心向日红。

郑州参观孙轶青老书法大展（二首）

（一）

伏案挥毫气贯虹，酬民报国闯西东。
而今耄耋遐龄老，健笔诗书一代雄。

（二）

汕头昔日赞银钩，粤海人歌尚记留。
此日黄河新布馆，参观踊跃动中州。

痛悼孙轶青会长

轶翁辞世泪频流，往事萦怀意更稠。
抗敌沙场豪气在，弘文艺海美名留。
潇湘咏会多承教，燕赵吟旌赖措筹。
成就终身堪慰藉，名标国史颂千秋。

壬午京华拜访同乡张学东中将

本是高科领域人，从戎欣任武将军。
丹心一片怀邦国，事业千秋利庶民。
法典钟情公道在，文明着意政风淳。
目标远大倾肝胆，留取功勋与世存。

观熊清泉同志画展感赋

风云半纪气何豪，斩棘披荆不卷刀。
国事奔忙情似火，文坛抒展意如涛。
春晖染翠三湘水，秋实期颐万寿桃。
所欲从心挥健笔，群花带雨更多娇。

赠徐悲鸿夫人廖静文馆长

画圣夫人信自强，惊风苦雨不彷徨。
云程执意追鹏鸟，艺苑潜心护栋梁。
品格如梅香雪洁，文章似海碧波扬。
年高乐在身心健，好看青山映夕阳。

题国画南岳松云赠储波同志于内蒙

衡山秀色令神驰，绿水青峰共四时。
巨石恒生擎宇力，苍松挺拔向阳枝。
身飘雾海疑为梦，心驾晴岚好咏诗。
透过云台观万象，清风沃土最相知。

题沈醉老先生故乡行

满口湘音两鬓霜，相逢故里喜飞觞。
韶山俯首真情挚，岳郡挥毫宝墨香。
曲径半生归坦道，宏文是处颂春光。
乡人更待新功立，一样名留后世扬。

欢送郑培民同志荣调湘西

爱党爱民品德贤，忠贞报国着先鞭。
莲城方奏勤廉曲，吉首必成锦绣篇。
马跃雄关蹄奋起，鹏迎风雨翼争前。
筹谋每自从容里，笑语声中正气先。

深切怀念郑培民同志

悼君挥泪忆当年，班内勤廉总率先。
国事任肩身不倦，民声入耳夜难眠。
待人律己公为镜，策马飞蹄勇作鞭。
为保黎民增福利，鞠躬尽瘁继前贤。

赠北京市纪委书记程世娥

峨眉哺育女英豪，立马京华胆识高。
曾战科研赢硕果，又精政治立功劳。
西川翠竹柔中劲，北国寒梅雪里骄。
激浊扬清无所忌，敢挥利剑斩狂妖。

答谢蒋建国部长

一抖英姿出砚斋,酬民报国立高怀。
宏谋切实文兼武,何必谦辞"大秀才"。

贺刘力伟同志任副省长

投笔西行举大旌,武陵源处历征程。
立身为造苍生福,报国常怀赤子情。
黄石揽云开画卷,金溪流水咏心声。
披襟一曲清风颂,天道酬勤朗月明。

反腐倡廉篇

党的六十八周年诞辰表彰会感赋

欢声笑语意如何？党庆生辰喜悦多。
覆地翻天兴壮业，开来继往导先河。
为民服务清廉谱，报国争荣志气歌。
号角催人群奋起，扬鞭策马继操戈。

在上海欢庆建党七十周年

海上飞轮向未来，波高舵稳任驰开。
不因途远航行止，岂可波狂意志摧。
为破惊涛拼合力，更瞻前景豁襟怀。
党人筋骨凌风壮，改革征程必夺魁。

颂建党七十周年

从心所欲正当时，振国齐天一柱支。
宗旨为民肝胆照，清廉执政雨霖滋。
事从实践求真理，力在文明创史诗。
四化前程凭指引，神州十亿正奔驰。

颂党的七十九岁生辰

流光七月照遥空,一帜高扬举国雄。
党指前程驰骏马,人奔富道展英风。
镰锤并举山河壮,雨露均施德泽丰。
前进遵循三代表,兴邦固本意无穷。

庆祝建党八十二周年

雄鸡一唱喜天明,日照人间万物生。
旗帜鲜红英烈血,沙场嘹亮凯歌声。
心持马列豪情在,事倚黎元壮业成。
为使政权磐石固,扫除尘垢仗风清!

党的八十六岁生日感赋

岁月频增又诞辰,尘烟洗涤葆青春。
长征赤帜光华灿,改革奇葩特色新。
览物最宜开境界,攻关务必振精神。
勤廉建设艰难甚,确信回天事在人。

喜迎党的十六大

京华盛会顺时开，举国心花绽若梅。
治党从严修德政，兴邦奋进赖贤才。
东风化彩宏图展，骏马扬鞭捷报来。
紧绕中枢三代表，深层改革响春雷。

颂十七大

万里秋高日月新，中枢又启远航轮。
举旗有赖先锋队，击浪尤依掌舵人。
大计猷谋民是本，高标指导力求真。
神州崛起根基厚，十亿丹心映北辰。

学习十七大党章

党章如火炬，光亮照心头。
立足循宗旨，开旌展壮猷。
民生肩上责，国计干中求。
为政居勤俭，甘当孺子牛。

学习中央《廉政准则》

皓月当空意畅然，倡廉反腐立规先。
持躬律己明如镜，履职为公紧扣弦。
赤胆倚凭钢铁志，忠心造出艳阳天。
党人报国诚无我，留取清名奕世传。

赞湖南反腐倡廉电视文艺晚会《清风颂》

正气高扬扫俗埃，红莲白芷竞相开。
天怜芳草滋甘露，人沐朝阳树栋材。
赤胆无私忠义秉，公心有尺是非裁。
倡廉反腐千军勇，阵阵清风慰壮怀。

树立"八荣八耻"荣辱观

道德高标立永恒，人生泾渭有分明。
酬民应尽终身责，报国长怀赤子情。
职守勤廉持本色，事依法纪摆公平。
居安贵在精神健，共举中华壮业成。

在改革中坚持从严治党

改革新程号角扬，从严治党应思量。
污尘力扫何难净，硕鼠深查总有藏。
监督须当收大网，批评切忌绕空梁。
除奢惩腐安天下，莫让公门养虎狼。

反腐败要实行标本兼治

创新发展业辉煌，反腐除奢岂怠忘。
严立规章防漏洞，高张法纪扫贪赃。
澄江碧水源头出，耿介公心大众量。
应是艰辛酬志愿，勤廉报国骨生香。

边远山区扶贫感咏

又回边远老乡中，前进帮扶忧乐同。
檐下谈心情意厚，田头筹策富途通。
春风吹绿池边柳，激浪腾欢海底龙。
把臂干群齐努力，一挥彩笔绘新容。

反腐败要尽职尽责

反腐除奢不等闲，党人职责重如山。
源头整治千钧力，综合施防万道关。
严格规章纠错漏，高张法纪儆贪婪。
倡廉务必身垂范，面对新峰众力攀。

纪念《代表法》实施十周年

十载征程满目春，一肩道义保斯民。
当家多有光荣感，报国终须事业勤。
秉法匡时知任重，行权尽责历艰辛。
擎旗跃马清风卷，万里驰驱不染尘。

人大代表呼吁厉行节约

历尽艰辛岁有成，城乡发展共峥嵘。
山河有待青春焕，党政何容浊气生。
烈火燃烧除孽草，阳光灿烂育繁英。
千禧又唱延安颂，面对奢糜一剑横。

为益阳市反腐倡廉诗集题

枕石观江水，神思逐浪游。
清流何断续，策杖探源头。

开封府衙前散步作

三水相依绕旧衙，清波叠影见墙花。
当年铁面欣犹在，留与今人镇鬼邪。

颂忠诚卫士英模报告团

英模事迹灿如霞，处处听人闪泪花。
惩腐驱邪匡正义，扶危济困奉丹沙。
民情转达金桥架，政策推行顺水划。
春雨滋心心似镜，和谐美德遍中华。

赞永兴县反腐倡廉研讨会

反腐倡廉论理通，谈经夺席各争雄。
身持正气矜高节，事秉公心向大同。
苦斗为圆强国梦，清源必正竞奢风。
党人克己多光彩，力保江山代代红。

听汨罗市激浊扬清演讲

激浊扬清众志昂,挥戈惩腐见锋芒。
民生苦乐情千缕,国事兴衰血一腔。
扶正驱邪豪气凛,奉公克己美名扬。
前瞻眼界无边阔,击水乘风作远航。

赞汨罗市政务公开

灿烂阳光物向荣,公开政务任批评。
乡村有账凭栏布,农户无猜竞业成。
好雨滋花花吐艳,春风剪柳柳垂青。
干群团结心相印,重现当年鱼水情。

岳阳市机关干部服务基层见闻

基层服务扫浮空,赤胆为民忧乐同。
檐下谈心情谊重,田边商策富途通。
几番迷雾化甘雨,一剪春风染翠桐。
共创文明新发展,精神物质两相红。

赞纪检监察信访干部

卫党循宗志自华,精诚服务万千家。
能张法网擒魔鬼,可用钢刀斩乱麻。
春上寒山芳草碧,情通苦胆满天霞。
丹心一片化甘雨,催放人间幸福花。

湖南纪委加强干部队伍建设

道路崎岖不畏难,明灯指引过雄关。
诲言入耳洪钟响,事业承肩眼界宽。
足驻基层生合力,心连大众倚高山。
更因佩有尚方剑,一扫奢糜卷巨澜。

观望城县纪委反腐热点辩论赛

望城秋日物盈丰,反腐求真各竞雄。
热点开题明主次,擂台辩证对针锋。
河塘春色千重碧,领袖英明百世宗。
激浊扬清遵训导,依凭法纪扫刁虫。

赞治腐治贫两手齐抓

改革峥嵘向未来，车头带动竞驰开。
贫穷落后精心治，腐朽污流着力排。
满目生机欣进步，无边远景促登台。
党人浩气源何处，信仰坚贞阔壮怀。

长沙市纪委为商业集团挂牌保护

老店新姿事业隆，金牌护卫足称雄。
排忧可仗驱邪剑，拓进尤期报晓钟。
货以双优赢顾客，心为百计御雕虫。
高楼千尺临江渚，凭借东风上九重。

长沙市纪委对天心实业公司挂牌保护感赋

天心美食动星沙，南北精华集一家。
诚信待人赢挚友，春风入店绽奇葩。
礼仪周到云宾至，价位公平众口夸。
更有金牌坚后盾，高楼有赖正歪斜。

赠西藏纪检监察战友

欣逢旧友论英雄，纪检挥戈立战功。
政治坚强心献党，作风过硬事为公。
迎难闯险丹诚见，扫障驱邪众志同。
报国酬民唯一愿，从严治党作先锋。

领导干部楷模汪洋湖同志

律己从严大众歌，勤廉报国显巍峨。
为民解困成知己，创业争前比骆驼。
汗洒山川春色润，胸怀宗旨壮猷多。
白山难比英雄志，铁骨铮铮永不磨。

颂"百姓书记"梁雨润同志

公严执纪不平常，万事俱为百姓康。
霜剑无情除貉鼠，春风送暖惠城乡。
排忧首在民心顺，发展端求事业昌。
前进护航肩任重，无私无畏对猖狂。

西柏坡学习"两个务必"

征场奏凯莫矜骄,放眼前程路更遥。
反腐防奢磨意志,擎旗创业树风标。
千秋史事明如镜,亿众关情化作桥。
可把勤廉垂两翼,腾飞发展接新潮。

向全国反腐卫士曹克明同志学习

一身正气绝尘埃,虎伏龙降鬼亦哀。
务实求真凭卓识,迎潮击浪展雄才。
当机立断风云动,履险如夷障隘开。
反腐功勋垂史册,丹心永照雨花台。

赞黑河市纪检监察干部

职守边陲不畏难,从严治党志坚强。
开旋仗剑除奢腐,律己明规振纪纲。
报国长存豪气壮,卫民永葆寸心刚。
胸怀直述无旁顾,高唱清廉北大荒。

赞吴仁宝同志勤廉创业精神

仁宝功高难比量,勤廉并举创辉煌。
农耕致力兴科学,村企合家撑脊梁。
报国宁奔风险路,酬民首建富饶乡。
犹钦奉献高风格,一代清名天下扬。

赞宁夏共产党人的硬骨精神

大夏风情本自豪,党人硬骨更堪骄。
扶贫使命一肩任,开发宏图众手描。
红柳峥嵘凭耐力,黄沙却步抗狂飚。
旌旗指引开西部,百战疆场不屈挠。

听周伯华省长反腐工作报告

惩腐防奢不畏劳,阵前督战足堪豪。
清除积弊通渠道,整肃歪风立节操。
大海擒蛟波浪涌,关山扫障马蹄遥。
勤廉可使民心振,报国同擎一帜高。

学习人民公仆龙清秀同志

丹心报国气如虹，犹敬清廉处事公。
端碗常思民众样，穿衣乐比老区同。
春风化雨滋丰产，责任为鞭督治穷。
面对山乡呼发展，一肩挑起万重峰。

反腐勇士南岳荣登热气球

祝融峰下掌声隆，反腐英雄上太空。
热浪腾球霄汉里，清风助力旅途中。
高天俯视山连水，大鸟飞翔气贯虹。
今得蓝天舒健翮，丹心报国乐无穷。

贺《中国纪检监察报》创刊五周年

反腐倡廉命运连，依依五载意情牵。
疑难有解心悬镜，险阻当途力着鞭。
正气如歌文笔妙，春风送暖物华妍。
无私报国多豪迈，高举红旗永向前。

贺首届清风文学笔会在长沙天心阁召开

南国天心集众雄,清风笔会拂清风。
源头治腐河流洁,公务兴廉政令通。
两个文明开画卷,一江春水起潜龙。
新闻阵地百花放,为有园丁肝胆红。

师友酬唱篇

电影《焦裕禄》观后

泪洒荧屏学楷模，生平事迹感人多。
为民勇立移山志，报国高吟正气歌。
贫困肩挑奔富道，风沙力挡显巍峨。
病魔夺得英雄去，留下丰功永不磨。

颂"永远活在人民心中的县委书记——谷文昌"

百里狂沙万户穷，扶危济困起英雄。
心怀宗旨肝肠烈，身献人民苦乐同。
抗旱兴林连日夜，开源富县历秋冬。
一腔热血为民洒，赢得丰碑耸海空。

赠师兄白石孙齐展仪先生

斯人信手画传神，齐派薪传三代人。
纸上游龙惊入梦，壶中老酒美如珍。
田园花果四时盛，天地风光万里春。
健笔耕耘勤不舍，文坛又起一星新。

感谢展仪兄劝余学画

难得京湘劝学频，一钩一画寓情真。
齐门多少新高足，还是肝肠系故人。

赠诗友、著名国画家曾晓浒

锦城风雅久熏陶，治学潇湘彩笔骄。
文理通神怀志远，江山入胜誉名高。
心源已领前贤诀，画派能开新世潮。
艺苑从无夸自我，时人更自慕君豪。

题曾晓浒教授画陆羽品泉图

山水相依志与酬，茶经三卷益千秋。
人生忧乐寻常事，一盏清心可解愁。

题曾晓浒教授《玉柳荷风图》

煞是洞庭风物宜，金荷玉柳共高低。
平湖日出鳞光满，一曲天来唱梦漪。

瞻仰欧阳海烈士纪念园

文峰春树绿，荫映护陵园。
铁道飞车驶，英雄勒马前。
行人崇意盛，宿鸟颂歌甜。
一座丰碑耸，千秋美誉传。

悼萧长迈老先生

华章一代振吟坛，共仰斯人品若山。
每以公心陈灼见，常凭赤胆点痴顽。
诗名已与湖湘共，气度犹同海宇宽。
岳麓高贤乘鹤去，永留风范在尘寰。

悼诗人萧湘雁先生

岳麓枫红共一旌，并肩十载仰真诚。
蓉园促膝谈诗道，古巷同餐叙谊情。
长岛讴歌花咏美，瓜山夕照晚窗晴。
诗文留得清辉在，艺苑悠长促笔耕。

贺萧志彻老师七十大寿

素以萧公作楷模，清风典雅颂声多。
宫墙桃李延芳树，海宇儿郎第甲科。
书案常观神笔舞，诗坛每听哲人歌。
湖湘岳麓双肩负，苦志丹心永不磨。

贺王俨思教授《诗心文韵集》出版

久钦俨老水云深，一卷新成耐颂吟。
汉简唐音留韵脉，长教后学拓胸襟。

赠霍松林教授

一片丹心报国坚,赢来举国赞诗贤。
华山挺立苍松劲,渭水奔流碧浪妍。
笔底文章何浩荡,胸中正气自昂然。
曾经拜访长安第,又幸京城共室眠。

陪刘征先生游橘子洲

蓟门烟雨汇清流,楚泽吴江又橘洲。
小店鲜鱼迎远客,漫江佳果载飞舟。
青山有约峥嵘见,碧水如诗梦寐求。
我得因之襟抱阔,吟旌猎猎仰鳌头。

赠刘人寿老先生

平生傲骨立苍穹,鉴古观今学识宏。
克己宽人胸似海,轻名淡利品如松。
文才抒展大家气,道德高扬长者风。
益友良师弥足敬,诗坛不倦老吟龙。

郑州拜会林从龙先生

足迹天涯任纵横,高才博识众心倾。
胸中正气存天地,笔下华章任品评。
长岛同歌乡梓谊,中州畅叙故人情。
承先启后多风采,韵藻新声换旧声。

贺林从龙老先生八十寿辰

风雨行吟八十秋,几多精彩世传留。
中原鼎足诗坛盛,两岸连根情谊稠。
国粹弘扬通海宇,文心绘藻醉朋俦。
神州韵律新潮起,赖有林翁力与谋。

祝伏家芬老先生八十华诞

屋名三甲溢书香,传道潇湘老更忙。
胸志为民祈福祉,诗风载史耀辉煌。
难题每得真情助,重担犹欣合力当。
世道崎岖何所惧,百年回首论沧桑。

步钟家佐同志"八十初度"原玉

河山转瞬喜翻新，鸠杖欢颜度八旬。
南海风云双臂挽，壮乡父老一家亲。
每凭慧眼分真伪，常有高吟斥鬼神。
瞻顾先生前进路，披荆附骥颂芳春。

戊子春节岳阳乡友雅集奉赠

人生标点自追寻，艰苦何移志士心。
雨打征帆航道阔，霜侵落叶树根深。
清风胜酒增豪迈，流水如诗咏古今。
报国怀乡同一梦，暮年犹赋白头吟。

湖南诗协成立二十周年感赋

几经浴火出尘缘，振藻扬葩又壮年。
导向坚持弘正气，攀登信可上高巅。
宁为韵事心操碎，岂惧难关马不前。
屈贾遗风圭臬在，万家忧乐入新篇。

《岳麓诗词》百期志庆

岳麓诗风劲，期刊展大观。
清辞弘古雅，艺海涌新澜。
时代兴衰鉴，民生苦乐叹。
文明欣鼎盛，慷慨入吟坛。

龙岩首届海峡诗会感赋

两岸同源意自牵，龙岩雅聚结诗缘。
土楼拾梦三生幸，冠豸寻根一目然。
琢句佳章归笔底，开怀趣品溢樽前。
金瓯何日残缺补，带砺河山尧舜天。

龙岩新貌观感

龙岩坦对故人来，浑是新装一体裁。
无限生机绵绿野，几多风采上层台。
艰辛仍续长征路，发展尤开壮士怀。
历史车轮飞速转，承传接力有英才。

参加二十届兰亭书法节

会稽重到续前缘，古郡新容景物妍。
曲水横桥通胜境，茂林修竹迓高贤。
山光旖旎风华异，禊事流连岁月迁。
最是村楼舒醉眼，红霞万点映江天。

国庆四十周年感怀

劫后兴邦气浩然，工农两柱力擎天。
粮棉灌溉江河系，商贸畅通海陆连。
避短扬长帮学比，坚心砺志赶超前。
单州又奏延安颂，十亿英雄竞着鞭。

秋日杂咏（二首）

（一）

秋风落叶老新枝，半度流年半是诗。
树上蝉鸣空有意，人间岁逝最相思。
常将赤胆求知己，不以悲心忆昔时。
小步疏篱观察处，银蚕卧茧正抽丝。

（二）

新秋正值物丰时，喜见园林红满枝。
难得园丁施美计，更兼甘雨润芳姿。
香甜果实勤为有，不义钱财祸可期。
何必樽前消闷酒，心怀国事自舒眉。

访四川诗词协会

天府诗风久敬崇，古今高韵震寰中。
武侯茶社深情叙，更识川人才气雄。

赠成都画虎师陶培麟

一啸峨嵋百兽惊，风云伴走出山城。
湘江浩气文心振，韶岭春光客意倾。
纸上挥毫钦大雅，窗前促膝叙深情。
神州四化如诗画，各以专长乐晚晴。

参加衡阳市天子山诗界联谊会感赋

天子山泉点滴清，神怡心旷涌诗情。
群贤合力开新境，众口同声咏古城。
报国艳称长治策，为民敢作不平鸣。
烟云几点秋风扫，共享晴空日月明。

登南岳祝融峰

云朝帝苑列西东,也护斯人上祝融。
举臂徐牵星座手,振衣畅挽洞庭风。
情钟山水添诗兴,心卫家邦论剑雄。
野径闲光焉在限,胸中肃穆对苍松。

全国二十一届(湖南衡阳)中华诗词研讨会

橘绿橙黄气爽秋,雁城景物豁吟眸。
工程十大宏添雅,岳色千姿壮展猷。
义理精研金石咏,辞章藻绘陆潘俦。
中华特色开新局,一代风骚并世留。

八九年国庆莲城各界座谈会

心连亿众志同酬,改革征途意趣投。
爱国坚贞钦屈子,兴邦决计仰留侯。
江河滚滚沉渣去,日月昭昭浩气流。
佳节无须分陆海,炎黄一体共新秋。

贺郴州市诗协四次代表大会

小康和畅两为之,高唱文明正适时。
郴水绕山风采甚,一轮新月满城诗。

欣赏昆剧清唱

昆腔一曲韵悠长,不尽余音久绕梁。
若得此声常悦耳,身心必可寿而康。

步柏扶疏同志采风王莽岭原韵

胜日秋光里,奇峰望眼开。
当年抗敌帜,此日振邦才。
壮把风云挽,犹将玉石裁。
与民肝胆共,苦乐亦悠哉。

永遇乐·湘江寄思

——步柏扶疏先生原韵

千里湘江,云回气荡,景色奇绝。风挟雷霆,水磨刀斧,把群峰断折。金戈铁马,骚人墨客,各寄澄江心月。前朝事,神思历历,似数流花飘叶。　　江山变革,新潮迭起,多少风流人物。毛公开天,齐璜立派,得亿人同悦。山川展望,湘灵秀色,姹紫嫣红如泼。犹欣喜,云帆竞渡,金辉玉叠。

香港回归十年颂

中华世纪跨时空,十载光阴瞬夕同。
亿众心扉俱敞亮,九州血脉大流通。
百年梦晓雄狮醒,四海潮来古域雄。
两制功成尊典范,紫荆相映五星红。

贺中华诗词学会成立二十周年

廿载耕耘苦乐同,终归展眼见繁荣。
九州乐奏埙篪曲,四海高扬屈贾风。
德筑长城能御腐,诗弘正义必争雄。
京华吟帜当空舞,瞭望神州春更隆。

卢沟桥感怀

蓦然回首忆当年,烽火卢沟历变迁。
勇士飞来天幕降,大刀斫去贼头悬。
燕山尚有英雄骨,展馆犹存战马鞭。
前事不忘成史鉴,睦邻犹可续新缘。

为欧阳笃材老《鸿雁》画题咏

寒野回归欲探春,身栖岸苇意难宁。
云霞一抹天连水,惊见鱼龙起蛰腾。

祝贺曾玉衡老先生九十四岁寿辰

乾坤旋转岁时迁,风雨征程迈步前。
皓首丹心参政事,和平一统着吟鞭。
胸中才气通经史,笔底波澜结墨缘。
又祝南山松鹤寿,百龄犹健老青年。

贺曾玉衡老先生九十七岁生辰

阳和岁转又芳春,大寿增高九七辰。
盛宴樽开沧海酒,新天霞照福星人。
健身法术通医典,爱国诗章动楚滨。
此日金枫楼阁主,紫毫挥舞更传神。

序旷瑜炎同志《岁月吟韵》

一卷清词意境开,峥嵘岁月壮吟怀。
衡松历载风云录,又引秋光入画来。

贺旷瑜炎《衡岳词韵》出版

奇峰幽景韵成词,更有图文两系之。
毕竟诗家才气盛,山川纸上任奔驰。

序《新邵古今诗联选》

山川壮美引豪吟,一卷诗联贯古今。
应效前贤忧乐感,酬民报国尽丹心。

为虎子先生画《万马奔腾》题

沧桑哺驹最无私,乍起风云也自知。
一啸长空凝浩气,当今正是奋蹄时。

颂新世纪第一个春节

山河洗礼扫尘烟,世纪欣迎第一年。
天上甘霖滋万物,人间勇士奋长鞭。
时闻捷报心身振,每悉灾情梦寐牵。
务以高标求发展,康庄道上力争先。

湘江行吟

渊渟岳峙日悠悠,千里青葱画卷浮。
碧树腾芬春满岸,金帆竞远富连舟。
惊奇滩险昭陵峡,揽胜词雄橘子洲。
犹爱潇湘新八景,结缘天下赋神游。

为慈母守灵

大雨倾盆共泪流,无边哀思涌心头。
童年教养忠贞骨,青壮叮咛大众谋。
诚善肝肠尊榜样,勤劳美德范新秋。
家风不允奢华气,愿我清廉世代留。

七十初度

痴龄已上古稀年,往事萦怀似昨天。
泥土锤熔刚性立,潮流起落挺身前。
酬民惯在风兼雨,敬业何分苦与甜。
乐在林泉闲散日,清心一片结诗缘。

白石故居寄萍堂访齐由来先生

树累蟠桃水戏虾,牵牛结伴绕篱笆。
丛荷绿映青山碧,红杏鲜同丽日霞。
云外千峰争秀色,窗前百草发琼花。
寄萍堂上遗风在,画苑新枝染翠华。

赠赵清平同志

土汉亲兄弟，清平信自强。
为人刚烈烈，执纪正堂堂。
击水新潮涌，披荆壮志昂。
调岗非所愿，创业继辉煌。

陪刘章先生游张家界

秋山清气爽，会友挽云涛。
燕赵刘夫子，诗书一代豪。

奥运圣火过长沙

欢动长沙市，情牵爱晚亭。
民心倾奥运，圣火照名城。
灵麓祥云绕，清湘浩气升。
银河增席位，虚以待新星。

赠离湖诗社

隔水当年渡小轮，离湖风物记犹新。
时移但信金堤柳，一往真情系故人。

为胡玉明沉醉张家界诗集题

披襟仙界上,清爽令神舒。
坦荡观山景,风光尽入诗。

为宜章梅田镇题画

五岭云开日照霞,山村绽放四时花。
悠悠武水清歌舞,一曲丰收乐万家。

浏阳花炮赞

国际驰名独一家,声光磁电别生华。
腾空起舞诚堪羡,天上人间共彩霞。

绵阳传递奥运圣火

绵阳追远意重重,碧水寺高报晓钟。
奥运英雄传圣火,丹心霞彩映相红。

贺新化萸江诗社成立二十周年（二首）

（一）

廿载诗坛庆典开，八方祝贺访贤来。
城乡处处飞清韵，正显萸江广有才。

（二）

风正人和乐比肩，梅山文采有前缘。
诗词如此花开盛，万紫千红傲世妍。

贺衡阳市诗词学会七次代表会

四海春回策丑牛，雁城诗会启新猷。
船山学说开宏范，石鼓书文据上游。
倒峡悬河豪气在，清词丽句苦心求。
华章不负时光好，引领潇湘创一流。

张家界黄家坪村扶贫颂

帮扶经二载，村貌喜荣兴。
公路盘山顶，清泉入户庭。
干群鱼水乐，农牧产销增。
功德民心鉴，丰碑矗永恒。

观临澧一小诗词擂赛

笔舞诗吟意纵驰，心中爱慕醉如痴。
稚童一脸天真笑，学识堪称小老师。

题辰溪县诗协成立十周年

十载联盟一帜悬，万家忧乐入诗篇。
犹欣吟咏乘时进，改革春风化作鞭。

参观湘乡水泥厂

万罗山脉比蓬莱，遍立青岩任采开。
生产环流行闪电，科研发展竞擂台。
水泥精炼高标号，企业誉称独秀梅。
锐勇三千成合力，创优进取显襟怀。

贺雨花区荣获全国诗词之乡

盛世芳春赏，雨花分外妍。
乡村兴雅集，街道展吟篇。
画境千姿秀，诗情百感鲜。
诗歌催奋进，壮业立中天。

贺长沙诗人协会成立二十周年

廿载文光壮古城，扬旌艺苑早蜚声。
湘江浪激诗开卷，岳麓枫红画入屏。
杜老遗风高阁壮，毛公绝唱一洲荣。
时今共谱和谐颂，策马腾飞赴远征。

湖南天运林工集团赞

寻芳览胜入湘沅，天运风光展眼前。
绿盖湖洲流泽远，红飞堤岸举旗先。
树人树木滋春雨，亦贸亦工描锦篇。
荒野兴荣非易事，艰辛创业赖群贤。

贺会龙诗社成立十周年

十载诗潮涌会龙，桃花仑上舞东风。
三杯淳酒鱼乡醉，一枕清心竹意浓。
老友抒怀追旧梦，新词悦耳唱时雍。
相逢互祝征程健，物质精神两庆丰。

祝南岳诗社、南岳书画社成立十周年

文坛二帜树衡峰，相映相扶并世雄。
十载诗词高咏远，一方书画彩霞红。
松涛滚滚鸣天籁，壮志铮铮唱国风。
踵事群贤光艺苑，趋时放眼逐飞鸿。

慈利县宜冲乡扶贫调查

问苦宜冲偏远乡，钱衣点滴济灾荒。
云低秃岭风如刺，水竭荒丘病若狼。
民感党恩苏涸辙，我帮村富破难关。
拼凭自力争温饱，更藉东风跨小康。

为家乡养猪场题

又到儿时芳草堂，一蓑风雨总难忘。
楼栏正唱酣眠曲，笑问新钞赚几张。

题北京奥运村开村

五洲豪气动春雷，奥运开村战鼓催。
古老京华英武地，同心高筑里程碑。

为吴湘清诗集题

敬业倾心力,读书追古今。
诗词豪气盛,一卷与时吟。

题汉寿县小学诗教

校苑新苗带露妍,园丁呵护意绵绵。
潜心为育参天树,好让诸家一梦圆。

贺潇湘散曲社成立

诗词千古气堪豪,散曲纷呈别样娇。
薪火承传前景阔,潇湘春色涌如潮。

赞宜章县上寮村

眼前新景不凡同,山水如诗果实丰。
人赞村官巾帼女,改天换地一英雄。

鸡年恭贺

金鸡报晓喜春临,万里亲朋互挂心。
相慰无须钱与物,平安二字胜黄金。

猴年春节颂词

猴年春到不相同，傲放梅花一岭红。
改革洪流冲旧俗，丰收果实累奇功。
人逢盛世忠心耿，国倚良材壮业鸿。
同志新年无别赠，长征路上比英雄。

甲戌春节感祝

画犬迎来百泰年，城乡喜气溢新天。
春风乍暖开门吉，米酒怡情睡梦甜。
苦志同筹兴国计，潜心大写富民篇。
市场商贸潮流涌，把舵扬帆更向前。

丙戌辞岁感怀

寒星窗透碧，感事忆流年。
报国公心上，酬民情意绵。
驱邪扶正义，克己秉先贤。
不作嗟卑叹，重吟忧乐篇。

丁亥春节拜年诗

又赋春归绿上林，何珍可慰故人心。
思之惟有真情奉，道义相交贵似金。

鼠年新春感咏

盛时更感岁如流,捷鼠迎来新一秋。
奥运福娃凝瑞气,九州春暖上层楼。

戊子迎春奉赠岳阳乡友

洞庭伴我苦追寻,流水如诗咏古今。
爱国怀乡同一梦,兴湘犹赋白头吟。

己丑春节贺辞

喜看海屋换新筹,世事纷纭又一秋。
我祝同俦增福瑞,长鞭共奋策春牛。

虎岁迎春颂

寅岁春风劲,神州虎气雄。
飞蹄惊宇甸,昂首啸晴空。
威振河山壮,旗开鼓角隆。
金睛狐鼠慑,浴日一轮红。

贺岳阳市诗词协会成立

岳阳天下秀,吟帜更高扬。
山水名贤聚,楼台翰墨香。
政声弘古韵,民本赋新章。
每品神来笔,清辉继汉唐。

春满怀乡

石佛登高望,怀乡满眼春。
新林滋露长,良骥着鞭循。
云水飞舟渡,桑田硕果陈。
诗风潜立志,报国有来人。

致谢省人大

人走二年茶未凉,慢斟细品有余香。
斋前叶落秋光老,却有清风度夕阳。

贺长沙县迁治十周年

十年新治不寻常,经济腾飞列百强。
霖雨汇泉奔活水,黎民昂首沐春阳。
白墙红瓦村居美,绿橘黄橙果实香。
更有高科驰海宇,商机不失凤求凰。

丁亥清明乡友雅聚捐资新农村建设

江南三月百花新，一路香馨醉故人。
旧友扶肩情意厚，乡邻叙话笑声亲。
斜阳照面休嗟老，豪气骋怀岂服贫。
为促家山奔富道，东风拂助启车轮。

颂省七届残运会

不测风云未可防，爱心慈惠满潇湘。
而今弱势群雄起，贵在身残志更强。

贺王巨农老先生八十寿辰

甘醇无比火中芋，香逸犹同岭上梅。
遐迩闻名轻富贵，植根湘土一诗魁。

挽王巨农先生

旅道江淮未洗尘，惊闻恶耗痛伤神。
病魔苦逼君西去，长忆诗乡煨芋人。

乱砍滥伐咏叹

相残斧锯几时休，山在揪心水亦愁。
颓岭风来掀热浪，荒坡雨过滚泥流。
治污须自根源起，造福宜将远景谋。
还我山川环境美，茂林修竹越从头。

赞田心医院石海澄院长

师出杏林成栋梁，顶天立地自坚强。
囊中百炼回春药，肘后三千长寿方。
活国活人真本领，良医良相热心肠。
济世悬壶兴义举，名高橘井永流芳。

贺家铁同志荣调中央组织部喜赋

历历征程起凤毛，廉台仗剑更堪豪。
今朝春暖长安道，人立梅花身自高。

作家爱心书屋存念

湄江无处不销魂，万壑千峰涌翠芬。
雨去清溪飘玉带，云来峡谷锁柴门。
朝营商旅闻鸡起，夜展歌喉听鼓频。
莫道沧桑人易老，青山绿水可怡神。

忆长沙文夕大火

当年魍魉乱长沙,一火狂吞十万家。
腐恶源头生祸水,豺狼入室露獠牙。
战歌嘹亮雄师起,虎帜飞扬义勇加。
已靖尘烟六十载,芙蓉沐雨又芳华。

陪军区蒋、文二将军点验湘潭市民兵

戎装点验气轩昂,列队声威振四方。
手握钢枪添锐勇,心怀祖国保安康。
长城壁垒谁能敌,众志森严自可防。
回首潭城梅正盛,清风有助送奇香。

喜迎北京奥运会

五环相系化祥虹,振奋中华十亿雄。
奥运人皆欣魅力,明星谁不叹真功。
赛场身有钢筋骨,兴会胸怀国士风。
世上衷情虽有异,和谐健体总相同。

突闻铁肩局长李大幸去职

男儿七尺自身坚，敬业如痴总向前。
三解危难凭赤胆，几经曲折写佳篇。
攻关不畏啸天虎，摆渡能撑逆水船。
今日回归平地立，冲天气质自岿然。

观神舟七号升空喜咏

仰观神七九天游，一啸升腾贯斗牛。
夸父并肩增气概，嫦娥起舞竞风流。
宇间轨道驰如电，舱外科研展似鸥。
酣战拟追新梦想，太空航站正筹谋。

为安化县清塘铺镇授牌

闻道清塘韵史长，梅山一脉溢芬芳。
歌谣声里民风朴，屹立诗坛一帜张。

袁隆平院士杂交水稻赞

饥肠伴我少时年，至盼三餐饱暖天。
社会翻新逢盛世，科研进展赖高贤。
一场甘雨环球润，千载芳名史域传。
今享杂优生巨益，万家歌德动琴弦。

改革开放三十年之颂

改革春潮起卅年,神州风雨总趋前。
三中决议翻新史,四海通衢引富源。
科技广增生产力,人文畅写复兴篇。
全民正迈康庄道,我自兴怀听凯旋。

赠蔡博同学

学海苍茫何处投,目标选定苦追求。
云帆挂在东风里,不畏惊涛竞上游。

送培民湘西赴任夜宿桃花源

一路西行日渐斜,桃花源里暂为家。
安身喜在秦人宅,雅座烹擂汉代茶。
洞里寻幽仙布景,林中觅翠鸟衔花。
夜来几度惊风雨,原是窗前溪水哗。

赞长沙县诗词进校园

放眼星沙万木春,小苗茁壮沐芳晨。
校园一派新光景,桃李春风最可人。

深切怀念曹文斌同志

洞庭沃土育英才，革命红旗展壮怀。
道路崎岖能跃马，风沙混浊不沾埃。
援非施展人生志，经贸为增国库财。
今日灵魂归故里，清辉永远照章台。

星沙颂

人遵科学事争优，改革深层立远谋。
百厂攻关兴特色，一江归海涌潮流。
和谐喜沐清风爽，发展高歌壮业酬。
同步三湘奔富道，星沙引领占鳌头。

贺阳江市荣获全国"诗词之市"

千里寻诗到海城，高山流水唱时清。
阳江现象尤难得，群怨兴观育国英。

学习党章

党章如火炬，光亮照心头。
阔步循宗旨，开旌展壮猷。
酬民艰苦共，振国赤诚谋。
爱谱勤廉曲，甘当孺子牛。

贺湘潭市六次文代会

莲城禊集正芳春，映日芙蕖耀紫辰。
文苑新花争放彩，一枝一朵总骄人。

贺湘潭市广播电台建台三十周年

屈指市台而立秋，兴邦大计此传流。
金声振起春潮涌，铁塔撑持巨影浮。
笔底耕耘循马列，心中形象仰毛周。
宏波导引征程远，更上新空百尺楼。

香港回归十年颂

开窗望海数时空，十载光阴瞬息同。
喜见心疑俱渐解，欣知国运早和融。
百年恶梦雄狮醒，四海新潮古域通。
两制功成堪壮伟，紫荆相映五星红。

欢送易鹏飞同志赴任怀化市长

报端公示已欣闻，今日相邀喜送君。
万里云程奔骏马，一方沃土育新人。
勤廉职责双肩重，冰火肝肠百姓亲。
豪杰真情源道义，岂凭杯酒长精神。

读张银桥同志《望却资阳是故乡》

一卷经纶说益阳，几多往事几回肠。
民生有责酬肝胆，乐把他乡作故乡。

迎亚运诗（二首）

（一）

一振洲雄亚运开，翱翔各国健儿来。
中华十亿腾欢起，无限春光任剪裁。

（二）

熊猫起舞世呈祥，火炬辉煌仰八方。
更有秋阳高照处，黄花斗艳五洲香。

贺湖南城建职业技术学院五十周年庆典

征程半纪业辉煌，立校擎天有栋梁。
几度枯荣甘雨润，频经曲折战旗扬。
喜闻土木称轮奂，乐赏诗词颂课堂。
建筑湘军繁育地，雄鹰展翅正翱翔。

戊子春桃源县诗乡考察

正是春深万象妍,桃花踏梦觅诗源。
校园学子吟声朗,田野耕谣韵味鲜。
事业如歌音壮丽,城乡有序意安然。
和谐颂曲犹清雅,浑似天人合一弦。

芷江侗族自治县十周年志贺

舞水清清润物华,城乡发展足堪夸。
人民爱党情如海,事业流金灿若霞。
经贸供求三夏雨,山川绽放四时花。
十年如一秋光好,万紫千红入侗家。

贺靖州苗族侗族自治县成立十周年

十年建设起宏图,举目抒怀览靖州。
渠水清波滋物茂,云山夕照竞风流。
北联南引工商活,东靠西移集市稠。
改革春光无尽止,登高望远上层楼。

赞湘泉集团公司创业精神

边城寨野发奇香，是有三泉远古长。
回首难忘开业苦，精心独具酿工良。
临风把盏交朋广，盖世经销运货忙。
更自黄公神笔助，人间酒鬼寿而康。

贺湘西土家族苗族自治州成立四十周年

州庆卅年喜气隆，山川结彩化长虹。
四时雨露生机旺，各族英才大志同。
济困扶贫盈硕果，兴廉创业立勋功。
人民迈向康庄道，一路风高篝火熊。

汶川抗震（六首）

一、惊闻突发强烈地震

地陷天崩举世惊，心沉日夜望荧屏。
期求最是民安好，劫后沧桑再振荣。

二、汶川震灾牵动全国人民

汶川大震祸灾深，牵动中华十亿心。
救死扶伤同一曲，悲歌慷慨奏强音。

三、军警显英雄本色

山川震荡路行艰,军警挺身冲在前。
瓦砾救人生死共,铁肩枕道上青天。

四、天下华人踊跃捐资

平日天涯各展襟,闻灾奋起竞输金。
解囊何问捐多少,点滴皆存中国心。

五、老师舍生救护学生

灭顶灾临校舍倾,"千秋"无数护童生。
粉身碎骨心甘愿,地震无情人有情。

六、灾民帐篷城

地震摧残屋碾平,安居架起帐篷城。
灾民蓄好回天力,足下乾坤浴火生。

颂抗洪英雄高建成

恶浪狂飙地欲倾,英雄抱病上征程。
洪高不畏巡防苦,堤险犹抒战斗情。
报国无私凭铁骨,为民有志奉忠贞。
助人舍己高风格,万古江天颂建成。

颂神舟五号科研伟绩

冲霄一箭卫星游，更向高尖启壮猷。
磨剑十年成利刃，凌空五度驭神舟。
今朝得遂航天梦，来日还期探月球。
宇宙无穷多奥妙，英雄有志占鳌头。

赞"海空卫士"王伟

爱国真情烈火熊，英雄壮举震长空。
神鹰展翅高千仞，铁臂擎天薄九重。
面对强权刚正立，胸存大义凛然冲。
此身无畏巡天海，血与骄阳相映红。

严厉谴责北约轰炸我驻南使馆

疯狂北约气何嚣，飞弹无端犯我朝。
使馆英雄悲壮倒，人民怒火愤燃烧。
徇私诡诈伤公理，食弱强横露毒獠。
捍卫和平张正义，同仇敌忾斗魔妖。

甲戌人民解放军英勇抗洪

云压天低暴雨倾，万千战士出军营。
挺身抗险英雄胆，舍己为民骨肉情。
汗雨浸衣排恶浪，风雷豁眼护危城。
长征浩气今犹在，生死关头献赤诚。

解放军长江抗洪之歌

洪来百姓困重围，军警冲锋快若飞。
卷地江涛狂作害，擎天将士勇扶危。
救生抢险艰辛历，治水排难胜利归。
滚滚长河流不断，万民心上立丰碑。

赠黄祖示将军

仗剑沙场气概雄，将军大志似高松。
行营练武千锤勇，卫国挥师百战功。
韶岭甘霖滋劲草，潇湘赤帜映长虹。
丹心一片为乡梓，众口时常赞直忠。

黄祖示与刘志艳会见

将军战士喜相逢，两代英雄共一宗。
血染旌旗嘶骏马，情通大众立高风。
驱驰疆土军歌亮，俯仰人生正气宏。
党与民声呼赤子，并肩步上更高峰。

陪陈培民中将登南岳

石柱南天不计年，人间祸福过如烟。
眼前胜景惊为梦，足下风云幻若仙。
古树摇钱心不动，晨钟顶礼意超然。
此生报国勤劳武，何必灵山苦拜禅。

颂衡阳消防"11·3"灭火英雄群体

揪心铃响火灾凶，消警为民众志同。
快步楼台真健勇，助人生死足英雄。
潇湘水碧丹心映，南岳峰高浩气宏。
二十金刚蹈火海，人间众口颂精忠。

赞"舍己救人英雄"刘志艳

舍己救人万众夸，英雄义举壮中华。
情操理想高齐岳，正气公心美若花。
好铁磨成一剑勇，丹荷映出漫天霞。
身残不改凌云志，依旧戎装卫国家。

何耀东将军由湖南调广州军区

胸怀宽广品坚贞，革命熔炉久炼成。
卫国边关施智勇，酬民肺腑奉忠诚。
莲城党政丹心共，长岛朋俦友谊增。
南去将军肩重任，春风骏马上征程。

赠湘籍著名书法家李铎将军

醴陵学子显从容，大笔军中更健雄。
书艺精华高仰止，文章练达久陶熔。
云飞纸上龙腾起，日照胸怀气贯通。
遍历神州留墨宝，一联一字立奇峰。

颂302医院老军医姜素椿

非典猖狂岂可容，杏林奋起老英雄。
请缨跃马攻前阵，舍己临床立首功。
妙手回春人意暖，丹心映日彩霞红。
精诚所至神奇现，钢铁长城立劲松。

参观北京8685部队英雄营

长城峻险驻雄鹰，万里关山卫国荣。
百战高空歼敌勇，千巡大地练兵精。
身经苦砺坚如铁，目注苍穹亮似星。
岁月峥嵘功载史，征旗猎猎耀京城。

祝贺北航院庆四十周年

院立京华四十秋，高科大宇展风流。
两航同辟通天道，各业精研富国谋。
桃李芳姿迎盛世，园丁心血化丹榴。
春光普照云程远，代有英才驻上游。

军旅书法家夏湘平回湘有赠

仗剑挥毫气自雄,行云流水卷西东。
书坛有志开新境,军旅迎难逐远鸿。
朋侣信知高洁在,征帆任走大江通。
归来喜见家山美,米酒乡情一醉红。

贺"红色前哨连"命名四十年

英雄虎胆卫前沿,风雨濠江铁壁坚。
战士驱驰身勇猛,旌旗招展气昂然。
岗亭警视金睛眼,海岸高挥钢节鞭。
时代繁荣同阔步,清廉本色永相传。

赠广州军区后勤部长袁源将军

宝庆英才气质豪,置身南海踏惊涛。
军需发展开新径,学业精通起凤毛。
论事坚持辩证法,挥戈不畏远征劳。
同窗有识胸怀广,拥政安民抖战袍。

赠北京卫戍区李锡金同志

风雨兼程四海家,京都戍守更堪夸。
枪头火舌雷霆力,笔底文章春日霞。
壮志为民肩道义,忠诚报国显风华。
公心挺立朝阳下,一树青葱放好花!

赠蓝宝石公司总经理王力游

装潢淑雅万家求,宝石晶莹具一流。
大义相交诚信立,新潮蔚起彩光浮。
裁云镂月开层面,激水扬帆竞上游。
百战商场多锐勇,建功立业展鸿猷。

天安门城楼观亚运火炬交接仪式

火炬回京快马飞,天安汇合起风雷。
人潮似海波汹涌,鼓乐如诗律荡徊。
苦练多成钢铁体,精培始出栋梁材。
擂台正待交锋日,各路英雄志夺魁。

北京劳动人民文化宫庆亚运晚会

月夜公园闯艺林，缤纷彩舞萃群英。
京腔一曲河清颂，大鼓三通道德情。
击掌谈兵追旧事，腾空走马看花灯。
随潮涌入蟠桃会，乐得神仙拜众生。

观看十一届亚运会开幕式

万众欢腾五彩妍，千层激浪动心弦。
空中仙女翩翩舞，地上神童虎虎拳。
武术扬威山欲动，新荷出水韵无边。
圆明炬烛高烧起，照耀京城不夜天。

赠首都奋战非典白衣战士

锦绣山河舞疫魔，白衣战士勇挥戈。
耳边响彻冲锋号，心上吟成正气歌。
救死扶伤行大义，迎难履险斗沉疴。
一腔热血为民洒，盖世功勋不可磨。

欢迎申奥功臣胜利归来

北京申奥喜功成,百战归来锐气生。
应把欢歌当号角,犹将汗雨洗征程。
为兴体育千方计,莫错商机五业兴。
又启云航时与进,趋前日夜听涛声。

北京申奥成功致谢萨马兰奇

萨翁布告不寻常,举世华人喜欲狂。
望眼终归成喜眼,球场却也似征场。
中华展翅雄鹰健,世纪挥鞭骏马骧。
来日犹期新胜利,高歌猛进向前方。

参观燕山石化公司

秋高气爽物生香,燕化公司列大强。
领导精诚挑重担,职工奉献有荣光。
功标国企同声颂,誉满京都一帜扬,
改革深层图进取,前程放眼更辉煌。

中央党校学习感怀

阳光照耀上京华,党校攻书实可夸。
哲理怡神坚信念,春风着意绽丹葩。
窗前景色千层碧,心底思维一束霞。
回首崎岖行进路,长征更觉学无涯。

中央党校校友欢聚中秋

京华聚首乐陶然,共饮中秋不夜天。
燕岭云蒸枫似火,卢沟气爽月如烟。
心仪马列豪情壮,路走红专阔步前。
改革征程同勉励,闻鸡起舞着先鞭。

赞梅兰芳金奖大赛

群英荟萃动京华,表演声情乐万家。
风格依然承老派,梨园茂盛吐新葩。
歌喉婉转三弦曲,舞袖飘扬五彩霞。
借得荧屏天下共,人间众口赞梅花。

太阳岛抒怀

一路金风爽气生，太阳岛上足怡情。
沙滩客卧千人醉，树帐绵延十里程。
夏暑花亭听鸟语，冬寒水榭赏冰莹。
源头水活清如许，始有松江景色明。

瑷珲条约签订旧址感叹

瑷珲条约忆当年，国耻揪心恨意绵。
见证松前残迹在，魁星阁下烈英传。
一腔热血凝疆土，百载悲歌化铁拳。
历史勿忘穷受侮，兴邦大志更为坚。

向人民的好书记张鸣岐学习

党人风骨孰为师，北望辽西有答词。
沥胆酬民真杰士，捐躯报国好男儿。
昆山烈火英风扫，凌海惊涛龙马驰。
一曲悲歌天地壮，锦城父老永相思。

辛巳中秋天津途中赏月

又是中秋月朗时,清光似水引遐思。
金风启动千帆竞,铁路联通万马驰。
乐向潮流争进取,宜从改革学真知。
津门发展多新意,海甸高吟一首诗。

赠包钢林东鲁董事长

钢花似锦写华年,风雨征程谱巨篇。
报国甘心尝苦胆,骋怀大志向红专。
鱼龙跃起春江浪,鞍马挥扬猛士鞭。
犹见从容思大计,一招一策继前贤。

包钢颂

长河日照浩如烟,十里钢城别有天。
红雨丹心功业建,春风绿野画屏延。
宏图描绘高标点,骏马奔腾快着鞭。
不负今时机遇好,干群决策总超前。

赠包钢党委曾国安书记

钢城塞上史无前，风雨征程重任肩。
党指航标方向准，心存胆识壮行坚。
雄鹰展翅争高远，大将挥师奏凯旋。
眼见炉膛红浪涌，十分光彩照人贤。

辛巳冬再观包钢新貌

冰封塞外凛寒生，尚有钢城春景明。
科技龙头牵活水，名牌战略显峥嵘。
炉如坚挺擎天柱，路有辉煌指示灯。
更向精强谋发展，催人战鼓震心声。

赠红福集团张来福董事长

顺应春潮迈步前，市场开发志弥坚。
豪情满腹雷行雨，事业张弓箭上弦。
不计征程云路远，好尊社野竹林贤。
卧薪苦斗廿年后，一览青山月正圆。

赞阿地力南岳高空走钢丝壮举

一线牵来系两峰,高空漫步自从容。
云端似有金猴舞,足下如同大道通。
健将高天存浩气,名山广众识英雄。
电波传捷风雷震,阿地神功举世崇。

赞中纪委西藏采访组

为正党风壮此行,登高采访寄豪情。
力从大处歌新貌,更向基层觅典型。
挥笔神怡风物美,挑灯夜继曙光明。
皆因雪域前程好,卫士纵横任远征。

我爱西藏

山川伴走势腾龙,桥路依连脉络通。
奇景如林称国宝,春光若乳哺人雄。
城乡建设宏图展,农牧经营硕果丰。
纵览高原生敬意,长空比翼学边鸿。

赠民政部张文范司长

黄河湘水脉相通,两地英才自古雄。
李白文章承作范,毛公思想永为宗。
故居仰德情深厚,滴水滋心意更浓。
遂举长鞭催战马,祝君奋进向高峰。

贺吴尊文教授八十五岁寿辰

平生辗转自坚贞,授业宫墙秉赤诚。
座上春风桃李笑,胸中正气鬼神惊。
章台骚雅留佳什,渭水波清绕古城。
最爱买邻金玉振,听来耳畔响雷霆。

访太钢李双良

学习英模访太钢,双良高格震心房。
离休不愿居清雅,创业甘为拾废荒。
爱国衷情三晋颂,酬民美德一碑彰。
凉亭极目高瞻处,无限秋光共夕阳。

赞南街村党委书记王宏斌

行如骏马立如松，正显英才气概雄。
敢向贫穷宣决战，甘为大众尽精忠。
韬如大海千重浪，品若群山一座峰。
昂首南街观巨变，尤期富道九州同。

南街村干部"傻子精神"

南街立地顶天人，傻子精神更足珍。
待遇甘当二百五，肩头敢负万千钧。
耐劳吃苦随时见，济困扶危是处亲。
反腐常抡钢扫帚，公心不让染灰尘。

赤壁三国文化旅游诗词创作会奉题

大江东去逝华年，朝废朝兴付浪烟。
登岸如闻金鼓震，临风似见帅旗鲜。
孙曹血战留残梦，湘楚文缘载锦笺。
天下诗人来赤壁，高歌慷慨忆前贤。

贺邓先成老八十寿辰

肝胆川湘系，飘然八十翁。
军中曾仗剑，笔底任腾龙。
执事晨昏见，相交苦乐同。
文坛行笃实，众口颂高风。

贺邓先成同志书法展

风云奔走笔如神，行楷兼优作品珍。
柳骨颜筋双墨宝，环肥燕瘦两佳人。
斋中汗洒劳心健，纸上霞生淑气新。
尤以高怀誉众口，绛绡红豆不争春。

贺先成同志《野草闲花集》出版

诗书合璧范千秋，更向天然论乐忧。
为造人间新境界，闲花野草也风流。

遵义感怀

为学先贤遵义行，名城风物壮豪情。
娄山关见征蹄印，赤水河闻骇浪声。
拨正航程凭舵手，痛歼敌寇赖奇兵。
当年战地英雄血，仍闪光华照旅程。

听徐虎先进事迹报告

爱岗敬业好工人，美德高风众所钦。
十载为民担义务，八方串户历艰辛。
报修箱里民情急，意见单中友谊真。
不计酬劳争奉献，千金难买是精神。

期望世界和平共处

称霸称王负骂名，海天呼唤共和平。
强权放肆硝烟起，迷雾消除玉宇清。
且自三思明大义，相逢一笑释纷争。
古今交战多遗恨，何苦伤民动甲兵。

赠张家港原市委书记秦振华

胸中忧乐系黎元，改革征程意志坚。
拓路明标高起点，强民富市勇争前。
文明敢创中华最，事业争当世纪先。
告退身心闲不住，仍将余力助新贤。

红豆衫赋

上天风雨总无常，造境增衣各备防。
半径园林镶碧玉，几家商市展霓裳。
诚心待客千金价，优质酬宾一品香。
盛世欣逢人意好，桃红豆绿饰新装。

甲申兰亭诗会感咏

兰亭盛会续前缘，古郡新姿胜昔年。
曲水横桥通画境，茂林修竹迓诗贤。
山光旖旎风华异，禊事流连岁月迁。
最是群楼舒醉眼，红霞万朵亮江天。

贺湖南省七次文代会

感时言志赋新辞，问典同尊李杜诗。
健笔凌云开大卷，丛花带露上高枝。
习来一得深为幸，吟到三更未觉迟。
不负机缘求益友，文坛举步有良师。

湖南诗协二届一次会议感咏

天心岳麓喜飞虹,盛会群贤志趣同。
日照高亭枫似火,诗吟长岛水潜龙。
开怀共赏芙蓉美,爱国犹崇屈子忠。
为振文坛齐奋进,承先启后永无穷。

贺湖南省"诗词之乡"书画展

吟坛新帜展,书画壮诗乡。
艺苑文星耀,华章彩笔煌。
民心思奋进,国粹正弘扬。
雅韵传千古,高歌颂富强。

癸未中秋邀诗友座谈诗词发展

气爽风和景色妍,月圆光彩照人圆。
蟾宫折桂年年是,世纪飞轮日日前。
满目秋霞盈硕果,一楼花鼓唱新元。
银河朗朗如心镜,蔚起诗坛振楚天。

贺湖南省书协成立十周年

墨海清波十载功，群贤雅聚立新风。
灯前汗雨融春色，纸上烟云接彩虹。
爱洒人间忧乐共，情生笔底古今同。
文星闪烁心潮起，四水三湘跃巨龙。

赞文选德力倡湖南先导工程

求真务实力追寻，观念更新值万金。
革弊深谋凭胆识，兴邦壮举合民心。
攻坚应靠红旗引，反腐为防硕鼠侵。
物质精神双捷报，江山处处听豪吟。

赞新税法

鼎新革弊岁时丰，立税公平国自雄。
促产方能开富道，增收务必赖勤工。
已滋甘雨春苗绿，可待金风秋实红。
不失时机抓发展，神州十亿赞勋功。

赠湖南税务工作者

职责高严众比肩，春风助力竞超前。
秉公执法衡量准，放胆排忧意志坚。
扫障兴商挥巨臂，开源促富写新篇。
时为建设添砖瓦，创业争优听凯弦。

贺杨应修老画家从艺六十年

艺苑耕耘六十年，鬓霜犹写壮心篇。
枫红岳麓高亭映，水碧星沙大海连。
日照枝头盈硕果，情通砚底涌心泉。
挥毫纸上云霞满，不愧当今一画仙。

浏阳市荣获全国"诗词之乡"称号

诗词发展与时谋，浏水清音共唱酬。
菊石芳馨惊海宇，烟花灿烂壮神州。
谭公忠烈遗风在，文市旌旗异彩留。
又喜当今添韵事，高碑记载立街头。

贺《湖南日报》创刊四十五周年

回首征程卅五秋,心崇真理苦追求。
酬民爱唱清廉曲,报国争当孺子牛。
笔底惊涛摧腐浊,胸腔热血展鸿猷。
未来长远擎旗进,必在文坛逗一流。

贺《诗词之友》创办十周年

十年前进路,开拓不寻常。
诗国群星灿,友声一帜张。
百章歌雅颂,九域赏芬芳。
忧乐关时运,个中情更长。

湘剧大师徐绍清百年诞辰纪念

变幻鱼龙岁月赊,百年回首漫咨嗟。
洞庭早载军功史,湘剧深崇艺术家。
雅韵铿锵吟拜月,高情慷慨唱琵琶。
满园桃李多风采,薪火相传未有涯。

观湘剧《马陵道》

习法同窗志满怀，孙庞各自有疑猜。
剧情曲折开生面，人物贤愚亮舞台。
演唱功夫身手显，军戎韬略帐帷裁。
马陵道上分高下，一惩奸雄何快哉。

贺省会计事务所成立十周年

十载艰辛绩可嘉，频浇汗雨发春华。
审评促进经营活，诚信坚持政企夸。
业务通联多道路，人才汇聚众专家。
前行不畏崎岖险，报国丹心灿碧霞。

湘潭市政协六届四次会议

春满莲城舞碧罗，令通各界赖人和。
真情爱国披肝胆，议政为民富切磋。
进取同奔改革道，开怀合唱振兴歌。
爱心围绕中心转，快马奔蹄不歇坡。

颂韶山党支部

农村建党首开先，虎踞龙蟠气浩然。
斗敌弥坚钢铁志，酬民谱写史诗篇。
田园不断开新面，旗帜高扬映碧天。
一览韶山英烈传，丰碑指引永朝前。

贺韶山市诗联学会成立二十周年

伟人桑梓地，风物焕春华。
滴水源流远，吟旌引领佳。
鹃花延富道，竹影泛清霞。
政善民为本，鹏程未有涯。

庚午湘潭市重阳佳节颂

喜庆重阳庚午年，山川景色更娇妍。
黄金铺地勤劳致，赤胆为民服务先。
改革春秋齐迈步，长征道路共扬鞭。
前人创业多珍惜，奋斗擎旗续史篇。

赠湘潭夕阳红老年服务中心

金风送爽乐尧天,回首平生感万千。
报国何曾思利己,为民无处不争先。
高怀迸发冲锋号,苦志终成壮业篇。
老去最宜心态静,养颐之福可延年。

贺田翠竹老八十寿辰

童心皓首喜逢时,历尽沧桑几卷诗。
寿柬长吟倾故友,岚园绝唱乐新知。
平生不懈兴邦志,爱国弥坚统一辞。
学海航行延寿考,弘文立德是良师。

赠杨向阳教授

慷慨人生路,文坛大雅才。
诗情凝浩气,书法展高怀。
捧卷神思往,聆音茅塞开。
春风无限意,桃李尽成材。

题丁剑虹教授画《看万山红遍》

重峦叠嶂立空帏，石上磐根树亦肥。
溪水漂流垂柳舞，村烟绕伴晓莺飞。
今描彩画迎新纪，相伴清歌动翠微。
更喜艳阳高照耀，山光物态尽朝晖。

赠白石孙齐灵根先生

艺术精华祖法传，历经苦砺更增妍。
金刀刻石千层浪，彩笔行云万里烟。
花鸟枝头争艳丽，鱼虾水底舞翩跹。
东风不负借山馆，又见农家出状元。

挽李寿冈先生

春寒未已又心伤，痛折诗坛老栋梁。
素仰冈翁才识广，文章光彩耀三湘。

赠赵志超同志

笔阵开衡岳，潭州一俊才。
等身书卷在，秀口韵章来。
笃实承先祖，扬清展壮怀。
湖湘兴雅颂，文苑见新裁。

赠师弟王东常先生

投笔经商细运筹,莲城拓进与时谋。
事从根本陈方略,心以精诚结远游。
鹦鹉临高开旧馆,芙蓉崛起上新楼。
时年习画名师处,白石遗风苦索求。

贺杨韵琴医师从医四十年

医学家传道统长,杏林苦砺更优良。
扶伤救死行高义,活络舒筋处妙方。
事业如诗丹桂颂,清廉似水碧波扬。
心花恰与红梅似,奉与人民一瓣香。

赠五菱集团公司

岁月峥嵘纪历程,五菱今日会群英。
时机不失新潮起,风雨迎来逸骥腾。
决策千方依堡垒,攻关百战续长征。
市场全仗经营好,一着高招事业成。

赠湘潭市曙光学校廖哲敏老师

日站书台夜伴灯,春蚕丝吐尽心声。
丹诚化雨滋苗长,壮志为鞭策马腾。
校苑春风无限意,湘中才女一腔情。
栽桃育李葱葱立,金匙开通启智灵。

贺湘潭柴油厂建厂四十周年

几番艰苦历征程,造就辉煌四十龄。
改革深谋兴大计,攻关决战赖群英。
宏图壮美丹心绘,产品精优众力成。
党领工人争奋进,市场拓展向欣荣。

九二年湘潭重九联谊经贸洽谈记盛

墨菊金芙笑眼开,重阳联谊客纷来。
多方合作诚为贵,四面开源广辟财。
米酒乡音增乐趣,高朋雅座动情怀。
鸿图展出工农贸,各业同登百丈台。

观湘潭市儿童鼓号舞

彩帜飞扬鼓角喧，雏鹰起舞动心弦。
歌声颂党情如海，火炬昭人霞满天。
有幸春苗甘露润，无瑕璧玉彩光妍。
余生不作金钱许，独以勤廉育后贤。

赞白石诗社下厂采风

采风下厂感时清，满眼春华喜物更。
改革为题诗境阔，工人作伍产销增。
炉中火焰观如锦，笔底波涛听有声。
千古诗词新发展，闻鸡起舞唱繁荣。

赠湘潭毛纺厂

改革新潮席卷开，织机重启竞登台。
名优致力精研出，特困翻身苦斗来。
风险承包同命运，产销结合靠人才。
时机不失春光好，引凤梧桐着意栽。

湘潭庆祝国庆四十周年感赋

四十年华风雨稠,清歌一曲颂神州。
科研跃向尖端处,改革赢来温饱秋。
富国强民党领路,开山治水事为求。
登高展望前程远,跃马征程竞上游。

贺赵协成荣获教育、抗洪功臣

肩挑硬担事唯真,十载临湘创业人。
水电穿云双翼展,工商集锦百花新。
勤廉治市传佳话,肝胆酬民济苦贫。
一曲清歌齐赞美,抗灾教育两功臣。

贺程明德同志荣获全国劳模

艰危完使命,报国振交通。
战阵车开道,攻关气贯虹。
勤廉从我起,忧乐与人同。
创业多风采,中华颂杰雄。

赞长岭炼油厂

山沟筑起炼油城，发展如同万马腾。
卤管连云撑壮业，工农携手续长征。
育人齐唱延安颂，治厂高扬大庆旌。
尤喜夜间观壮景，华光十里耀巴陵。

辛巳清明洞庭大桥采风

一字桥横万象新，洞庭春色更宜人。
江城过客如云涌，柳岸飞车对阵分。
自古巴陵多胜迹，而今岳市富奇珍。
渔歌互答风帆满，共赞今贤创业勋。

颂单先麟先生抗日爱国精神

春风频送福音来，犹忆驱寒扫雾开。
狭谷陈兵歼日寇，铁窗仗义释英才。
关山不阻延安道，赤胆弥坚议政台。
老健精研医学理，杏林高树倚云栽。

恭读李曙初诗集《锦葵吟》

锦葵一卷展窗棂，熠熠春晖耀眼明。
国事衰荣连肺腑，民间苦乐共心声。
亲情似酒开怀饮，友谊如诗逐日增。
犹与洞庭缘不解，几多酬唱盼时清。

遥祭李曙初同志

岳郡同俦七载春，当年风采记犹新。
擅长计划勤精细，乐在交游信义真。
执事眉间藏正气，休闲笔底立诗名。
惊闻溽暑骑箕去，举酒遥天祭达人。

贺塔市林场建场四十周年

创业迎来四十年，茂林苍翠映蓝天。
回头旧事成追忆，放眼新容喜变迁。
昔日荒村千岭秃，而今秀木万株妍。
松杉挺立云端上，无限风光在故园。

参加华容万庾大桥通行典礼

沱水飞虹又一桥,车通两岸涌人潮。
干群歌颂党恩重,事业腾飞政绩高。
昔日连坊空有梦,而今越堑实为豪。
城乡从此行无阻,有利交流创富饶。

梦回故乡

维桑山水未能忘,梦抱乡思返故乡。
老井清泉甜似蜜,阳坪芳草暖如床。
畅谈旧事三分醉,笑顾今时两鬓霜。
尽瘁为民犹未晚,乐将余热助辉煌。

故乡江岸感怀

扬子奔腾总向东,乡音绕耳乐无穷。
清风伴得云帆走,赤胆长和父老通。
四面松杉环水绿,万家烟火接霞红。
归来青少无相识,自顾容颜已是翁。

故乡春韵

春到江南灿似霞,和风着意绿桑麻。
田间遍奏催耕曲,林苑丛开向日花。
古径条条通大道,新楼座座问谁家?
乡村发展虽趋好,前进毋忘力戒奢。

游子赋

归来游子最怡神,放眼湖山万象新。
桥路畅通千载德,工商发展四时春。
开轩广阔瞻前景,别梦依稀忆故人。
岂负沱江甘乳哺,老牛犹自乐耕耘。

怀乡赋

章台旧地动春潮,回首家山意自骄。
额手凭栏观胜状,潜心学圃育新苗。
养成大树参天立,扬起风帆渡海遥。
报国怀乡陈赤胆,乾坤是处立英豪。

题塔市驿镇光荣院

借得春阳暖旧知，开山立院振兴时。
园蔬待客三樽酒，果树封墙半累枝。
老享安居情似蜜，新瞻远景美如诗。
更因启动传帮带，奋发扬鞭万马驰。

刘传贵父母百岁诞辰和韵

胸怀国际一峰青，耿直坚强自纵横。
斗恶民间伸正义，扶危乡梓振高声。
铁窗苦度忠心秉，艺苑躬耕大器成。
盛世迎来身早逝，容城史册载功名。

题丁剑虹教授华容山水画

湖美峰青不计年，乐山乐水意翩翩。
云帆远渡拍天浪，春色环流系渚烟。
断涧横桥风月路，含珠吐翠果林巅。
时人爱煞桃花瀑，任是高低总向前。

题丁剑虹为省纪委培训中心绘画

重崖叠嶂耸空帏，石上盘根树正肥。
溪水长流芳草润，村烟缭绕晓莺飞。
山描彩画迎新纪，人唱清歌汇翠微。
更有红旗高照引，容光物态尽朝晖。

邀蒋国平同访华容塔市镇

大地春深物正妍，洞庭结伴意欣然。
谊情诚坦明胸臆，老酒兴豪舞笔端。
一曲同吟忧乐赋，两心相照碧云天。
好风但得随人意，顺送家乡万里船。

伍市工业园开园志庆

兴工富县苦追求，伍市开园路必由。
特产经营依本土，科研发展立潮头。
云笼石道思迎客，水涨清江好放舟。
欣看老区新步迈，青春如火竞风流。

洞庭湖区团结抗洪

洪魔肆虐不惊愁,团结坚持胜九牛。
为保金堤施善策,勇挥铁臂挽狂流。
风高浪险人墙挡,雨骤江横泥石投。
奋斗声威天地震,龙王岂可不低头。

益阳山乡竹咏

年年新笋剑戈悬,风雨经磨寸节坚。
老蒂盘根依沃土,芳枝活力动高天。
几番残叶飘身后,无限生机立眼前。
望断长空情未尽,素竿犹与造新笺。

赞常德诗墙成为湘楚文化新亮点

堤边不见土尘扬,换得星罗诗满墙。
渚上园开茶座雅,城头旗展画廊香。
几番时雨骄杨柳,千里洪波下海洋。
湘楚文明新亮点,长随日月放光芒。

贺常德诗墙荣获吉尼斯纪录

诗墙耸立势如龙,天下武陵更伟雄。
广有名家挥巨笔,纵观杰阁树高风。
屈陶贤哲千秋仰,沅澧风光万众崇。
诗国长城称第一,辉煌永远耀苍穹。

壬午洞庭抗洪记

暴雨横秋平地铺,洪魔肆虐洞庭湖。
党人御险排头立,军警卫民浴血扶。
赤胆屠蛟挥利剑,豪情压浪挺坚躯。
干群苦斗拼生死,千里堤防一失无。

中华诗词学会委托考察汉寿县诗协工作

东风授意访龙阳,一路山川列画廊。
校苑新吟苗木秀,农家绝唱米粮香。
已知德立春常驻,何必花开玉更镶。
夙夜弦歌扬四野,此间名实是诗乡。

贺全国第四次中青年诗词研讨会永兴召开

四海高朋聚永兴,诗乡更可富争鸣。
便江风采同歌颂,古郡人文共品评。
碧树连芳多幅画,丹霞焕彩一腔情。
兴观群怨承传统,时代新声胜旧声。

赞郴州地区医院曾连弟医师

一路传经万掌鸣,杏林欣喜发春声。
金钱不改清廉愿,大志弥坚爱国情。
救死扶伤勤职守,厚人薄己显忠诚。
临床妙手丝毫准,美德高风众口评。

赠青年建筑家袁俊杰

壮志凌云不畏难,身怀胆识闯雄关。
市场逐鹿才能展,学海腾龙兴未阑。
路以豪情开拓进,事凭经略建功还。
青春振臂迎潮上,报国长存一寸丹。

井冈山欢庆建军六十三周年

六十三秋风雨稠，红星闪烁照征途。
五峰石径通天宇，八一旌旗壮海陬。
万里长征平步起，千秋大业壮心求。
军民共建江山固，岂惧苍蝇敢碰头。

贺龙虎山诗会

龙蟠虎踞各峥嵘，大好河山展画屏。
玉树琼枝花艳丽，层峦叠嶂地钟灵。
云飞绝壁霓裳舞，雨洒清溪碧玉莹。
此处洞天多韵事，诗人雅集听嘤鸣。

题《湖南大学在辰溪》

五溪兴学避倭狼，八载同舟风雨狂。
贤哲育材功业壮，长垂青史耀湖湘。

周景星老八十寿辰和韵

君今正沐彩霞天，膀直心明岂有癫。
报国当年身壮勇，酬民此日意绵缠。
风高有助航程远，气朗能观月径圆。
八十人生新起点，诗坛挥洒更当先。

戊寅夏福州聚湖南乡友

回首乡关岁月更，而今各自历征程。
曾经湘水飞舟进，更向闽山策马行。
汗雨同挥争国盛，丹心不改利民生。
天涯海角居身处，一样耕耘奉赤诚。

赠厦门诸位华容乡友

胸怀报国出乡关，万里征程不等闲。
仗剑沙场凭虎胆，回身政界若龙蟠。
厦门已立千秋业，沱水仍留一寸丹。
相顾亲人同祝愿，随时有待凯歌还。

读琼瑶自传

名成艺海忆童年，苦乐心头各有天。
身困灾荒书伴梦，文豪斗室笔如椽。
神飞桃李春风里，韵转梧桐细雨边。
爱撒山川如织网，一丝一缕系团圆。

斗非典捐躯好医生邓练贤

立志从医三十秋，国强民健苦追求。
虽无壮语惊天地，却有豪情贯斗牛。
刀指妖魔迎险上，胸怀天职舍生酬。
斯人已逝山河恸，亮节高风世上留。

深圳中华诗词学会十三届研讨会

诗词喜进校园来，古韵新声品若梅。
理性思维缘物象，人文发展赖英才。
承先启后开生面，砺志兴邦慰壮怀。
南海弦歌扬特色，湖湘踵武莫徘徊。

广东阳江全国十八届诗词研讨会

沧海洪波接碧天，阳江雅集汇群贤。
一场春雨苍天惠，三特文风青史传。
道远标高宜式范，龙腾虎跃敢争先。
诗人群起同求索，谱写新时李杜篇。

赠蔡先平董事长

投笔经商矢志坚,艰难创业着先鞭。
长城皓月丹心映,珠海云帆巨手牵。
世纪恢宏思大举,市场扩展写新篇。
精研产品阿兹耐,强在功能合自然。

上海世博会赠先平仁弟

萍水相逢后,忘年结谊深。
海滨留旧梦,世博感新吟。
侧目求荣客,高怀敬业心。
朔风无所惧,凉热自披襟。

观陈沛华广州画室

悠然纸上淡云开,菊竹清香扑面来。
草木迎春争茂盛,江山壮美靠贤才。
人生创业勤为本,艺苑耕耘志夺魁。
犹感岭南天色朗,临风怒放一枝梅。

悼彭宗佑同志

雪风吹落倒春寒,志士西归泪不干。
犹忆病中勤韵事,长留功业耀诗坛。

赠香港金桂实业有限公司

经营百战苦中甜，回首方知举步艰。
陋室栖身灯伴梦，东风借力马加鞭。
攀高志在排云鹤，创业功成织锦篇。
正是中华崛起日，腾飞不负好机缘。

赠林木坤先生

烟云往事忆心头，借得东风决胜筹。
生意兴隆红似火，胸怀畅快爽如秋。
归程已近三春暖，壮业相期两制酬。
应逐新潮通四海，帆高舵稳渡飞舟。

澳门回归倒计时感赋

已是归期倒计时，亲人苦盼寸心知。
山河破碎辛酸泪，骨肉团圆瑰丽诗。
昔日强权归往史，前途展望启遐思。
中华一代英雄起，两制兴邦共护持。

澳门归帆赋

南望归舟疾似飞，波光帆影互生辉。
狂飚怒卷乌云扫，慈母欢呼赤子回。
岁月如流惊旧梦，干戈不动释前非。
江山两制人豪迈，彩笔生花任意挥。

参加澳门全球汉诗第四届研讨会

沧海云帆韵事悠，诗坛进取与时讴。
宏文爱谱兴邦曲，叙友欣为济世谋。
谊至精诚开玉石，心怀远大立嘉猷。
清风明月潇湘客，乐到狮城共唱酬。

贺《湖南对外贸易》创刊十周年

物华天宝业增辉，十载交流促奋飞。
商贸繁荣春笋立，宾朋辐辏暖风吹。
洞庭波涌潜龙起，南岳云开旅雁归。
对外经营通四海，芙蓉是处播芳菲。

赞中国名茶湘波绿

玉皇山下广栽茶，一派生机富万家。
沃野清风飘翠雾，春阳暖树吐香芽。
壶中雀舌芳姿舞，座上宾朋笑口夸。
常饮湘波神韵健，可通诗意寿年华。

赞亚华种业集团公司

世纪相交看亚华，优良种业实堪夸。
市场广阔经营活，商务融通效益佳。
管理分层呈异彩，学科立项放奇葩。
人才引进群星灿，誉满三湘一大家。

赞湖南路桥公司

湖湘崛起路桥人，现代工程奏凯频。
苦战铜陵功绩大，雄驰建业画图新。
丹心化彩横江浦，远志飞鸿出国门。
领导坚强开胜局，千军万马勇如神。

己丑岁几家"诗词之乡"贺忱（六首）

一、岳阳市荣获全国"诗词之市"

洞庭秋色灿如霞，诗国殊荣景更佳。
金匾辉煌才倚马，文澜浩瀚笔生花。
一楼古韵千秋赏，四野新容万众夸。
民本承传忧乐旨，高张楚帜耀中华。

二、湘潭市创建"诗词之市"感赋

韶山春意盎，白石早霞飞。
词藻臻新境，画屏开翠微。
吟风时势顺，树帜众心归。
屈贾存圭臬，诗城映日辉。

三、湘潭县荣获全国"诗词之乡"

龙山七子启宏猷，屈贾诗乡居上游。
韵会熙融兴校苑，吟旌招展拂田畴。
文辞有鉴故园颂，心脉同朝大海流。
裕后光前多感慨，好将新句赋新筹。

四、衡山县全国"诗词之乡"挂牌

衡岳高同仰,诗乡誉显荣。
三坚兴韵事,五进聚群英。
世道开新范,吟章动古城。
豪情何所寄,跃马竞鹏程。

五、岳阳县荣获全国"诗词之乡"

巴陵名胜古,历历接长虹。
吟帜城乡展,襟怀忧乐同。
洞庭波织绵,螺岛竹摇风。
雅颂开新径,斯民气更雄。

六、长沙县果园镇荣获"诗词之乡"

雪后冬阳照,新村别样妆。
炉中升炭火,桌面赏华章。
发展三农富,经营百业昌。
文风山野劲,无愧誉诗乡。

贺洞庭诗社成立三十周年

奇葩沾雨露,云梦一枝先。
卅载芳华盛,八方情愫牵。
旷怀思古道,韵事著新篇。
荣创诗词市,文风奕代传。

贺天心区诗词书画协会成立

长岛春光早，天心诗意浓。
朱张留胜迹，坛坫展新容。
经济宏图壮，文明硕果丰。
举旗龙虎奋，湘楚起雄风。

贺湘潭县湘绮楼诗社成立二十周年

云湖名社立，转眼庆周年。
诗苑农家进，吟笺茧手诠。
田畴禾滚浪，陌上树生烟。
一派清平景，颂章追昔贤。

游历篇

己巳春湘潭赴职过昭山（四首）

（一）

古寺临江势若飞，问衡可是雁南回？
征程此去知多远？明月清风待所归。

（二）

山市晴岚景色幽，登高舒展水云流。
征帆逐浪奔驰去，万里江天不尽头。

（三）

一岭春光一片霞，村前桃李遍开花。
芳菲自有多情处，飞入寻常百姓家。

（四）

一折青峰两画屏，昭山岳麓共晨昏。
鹦鸣是处求知己，最喜工农创业人。

长沙公路赞

出行称便捷，公路数长沙。
里巷流通畅，乡村运转佳。
轻辚延户院，高速接天涯。
服务真情奉，春风煦万家。

访广西桂林诗（六首）

一、桂林颂

欲借东风上桂林，奇珍满眼激诗情。
山成宝鼎天工巧，洞造仙宫鬼斧精。
水映莲花浮玉影，碑铭史迹耀文明。
流光四照人称道，果是中华翡翠城。

二、参观灵渠感赋

海洋一脉两分流，秦汉雄图望眼收。
大小天平衡水准，高低柳岸绕田畴。
渠成纽带湘漓接，镜闪光华日月浮。
都是前贤凝智慧，长留画卷载千秋。

三、游漓江

穿云破雾下龙潭,透出山峦映晓岚。
巨石排空雄态峻,青牛戏水碧波湛。
分明急浪推方棹,辗转飞舟入洞涵。
一路畅游舒醉眼,漓江遍地插金簪。

四、游七星岩

七星座下探迷宫,踏上灵霄第几重。
殿阁恢宏呈气派,楼台精巧显雍容。
天堂广阔风云壮,地面丰收果实红。
难改此生公仆愿,仙山只付笑谈中。

五、赞芦笛岩

芦笛声中洞府开,登临恍若到蓬莱。
水凝钟石千姿现,灯幻迷宫万象谐。
亦实亦虚凭鉴赏,似仙似佛任思猜。
朝霞映出龙狮舞,天上人间一体裁。

六、登叠彩山

叠彩奇峰举目惊,春江转眼一舟横。
青山伴水芳馨映,石壁齐天巨力擎。
月上晴空欣爽朗,人来风洞感轻盈。
前贤题句金声振,犹使登临别有情。

重游广西诗（四首）

一、贺广西诗词学会五次代表会

云送银鹰作远游，南疆盛会揖诗俦。
经营畅达三千界，诗卷精编四百秋。
振武弘文多俊彦，震今铄古数风流。
湘山桂海亲兄弟，把臂忠心为国讴。

二、登广西凭祥友谊关

金鸡振翅唱时空，南国边陲气贯虹。
百岭沿疆千隘险，一关锁道万夫雄。
红崖招展五星帜，绿树浑摇八面风。
雨后山川添壮丽，军民装点匠心同。

三、南宁歌王对歌会

男女擂台设，胸怀自主张。
开场曾客气，对抗显锋芒。
大地云舒卷，漓江水短长。
唱酬无尽意，不愧是歌王。

四、广西明江花山题咏

碧玉明江水，层峰两岸开。
冈岩存古画，客旅上新台。
一径环山去，双狮迓客来。
时人为尚志，竟把木棉栽。

上海朱家角采风

一、朱家角赞

海上千年一梦寻，朱家角上辙痕深。
潮流卷起多层浪，井巷融通万众心。
民宅俨然存古色，石桥舒展动时吟。
水乡都市真风采，青浦流云寸地金。

二、淀山湖即景

蓬舟载雨向江空，浪接银河多少重？
任是天边翔鹭鸶，依然水底隐鱼龙。
千年古埠驰名远，四面新村创业雄。
犹爱湖乡秋色美，夕阳浓淡一洲红。

三、参观朱家角古街道

轻车赏景几番新，又自摇舟别有神。
行到珠溪心易醉，画楼古雅叹奇珍。

四、朱家角古街闻笛感赋

风貌承传岁月更，清江对岸比峥嵘。
小楼竹笛声飞远，吹出江南致富情。

河南南阳三咏（三首）

一、谒南阳医圣祠

塑身高耸面凝霞，一片仁心百姓家。
我敬先贤民德厚，千年忧乐系长沙。

二、参观恐龙遗迹园

西峡山川气贯虹，曾因上古育强龙。
亿年断续遗踪在，化石神奇立此功。

三、游卧龙冈

乱世烟云待举旌，躬耕莘野有高情。
神机判定三分鼎，妙策铸成千载名。
两表出师尊懿范，一生无我仰贤明。
瞻依顿觉心宽广，逸韵清风天籁鸣。

道州·江永之行（五首）

一、谒寇公楼

古香古色一名楼，千载巍然立道州。
斗拱飞檐清瘦样，任凭风雨总昂头。

二、访何绍基故宅

东洲儒雅见才雄，道县城郊觅旧踪。
残破书楼风骨在，画梁绽处透遗红。

三、茂叔故宅学《爱莲说》

哲理人天合自然，污泥不染质优先。
周公一说穷其理，引得中华更爱莲。

四、江永桃川观感

桃川古洞久思寻，今日游观慰此心。
气爽秋高风物厚，柚林深处尽黄金。

五、濂溪源头感赋

半纪倡廉苦索求，而今幸喜探源流。
丘山紫气腾金浪，溪水岚风染绿畴。
莲说谱成千载韵，月岩泻出八方秋。
澄波可鉴贪夫面，此辈登临羞不羞？

荆州行吟（五首）

一、步李文朝将军原韵

落帽高吟古到今，几多风采入时文。
将军一曲倾诗友，不负龙山把臂临。

二、太湖桃花村即兴

一缕春光一片霞，湖山面面泛桃花。
农村富美文风盛，尽是诗词吟唱家。

三、荆州区诗乡考察感赋

古风新韵两相成，逐浪心潮顺应生。
各业峥嵘犹感慨，城乡无处不诗情。

四、登荆州古城

旌旗猎猎卷城头，改革翻新旧帝都。
江上腾龙撩贸市，云中翔燕绕高楼。
千秋胜迹文光灿，历代英才壮业遒。
难怪刘郎情不舍，古今谁不爱荆州。

五、八岭中学诗教成果赞

八岭清扬谁抚琴，缘来校苑颂童音。
和风丽日稚容映，妙句佳章绣口吟。
可喜豪情追远古，犹欣彩笔赋当今。
青春有此凌云志，诗道锤成赤子心。

登龙山药王岭

苍原古岭望无边，问药登临探祖源。
沃土绵延生翠树，溪流淅沥涌清泉。
天公惠赐神农草，人世高歌扁鹊篇。
薪火承传留胜迹，民康有赖得春先。

栾川老君山诗（三首）

一、登老君山伏牛岭

绝岭奇峰古色融，道经哲理悟其中。
伏牛跨步临高处，顿觉天然万象雄。

二、老君山清静无为亭观景

清静亭高接翠微，奇峰列仗势如飞。
悠然自我潇湘客，身在名山不识归。

三、鸡冠洞感赋

桃花洞口绕空围,日暖芳林彩凤飞。
云外一声春涌动,客来休问几时归。

参加西安古城金榜诗词论坛

千里西京乐此行,诗词艺苑共求真。
论坛广阔如江海,多少深层探索人?

古城金榜诗词论坛侧咏

古韵题金榜,新时意更长。
诗风求淑雅,人格立堂皇。
应与民心合,休为鼠目张。
和谐行大地,举国向康庄。

登楼观台

雾落终南现,楼观一望空。
经台高照日,奇树老回龙。
雨润林阴绿,雾开岭外红。
研诗寻古道,犹爱度清风。

行中望临汾尧都

秋光洗眼望尧都,一片新城接古楼。
闻道再兴山与水,须将心力引清流。

黄河壶口瀑布壮观

一壶金水接天来,浩荡声威动九垓。
晋地古今人气壮,胸襟原是此中开。

过平遥古城

古城有史越千年,风雨难摧玉质坚。
不只人估商贾价,文明早已有经传。

赞黎托镇养心斋

人勤黎托镇,诗美养心斋。
男女挥吟笔,农商赋咏怀。
天扶云树立,水拍浩歌来。
国泰民康日,田家多秀才。

常宁市观"中国印山"

山是无名氏，名高自印来。
文章依史料，艺术赖人才。
石壁千姿立，园林百转回。
诗乡多浪漫，珠玉撒苍苔。

白水洞探幽

极目云天上，银涛滚滚来。
明珠山野落，紫雾日边开。
石漱牵情结，林芬触韵怀。
洞奇何所识，此处比蓬莱。

拜乐山大佛

高瞻大佛意何求？誓惩贪奢未尽头。
安得名山抽宝剑，再将余力断污流。

登峨眉山万年寺

清风习习助登临，古刹通灵寸草心。
虎首蜻蜓真有意，两番指上点头吟。

参观永定土楼

土楼如堡矗山村，别有风情远俗尘。
民习勤劳兼孝悌，文明倾倒旅游人。

梅花山观虎

一声啸傲震苍穹，旋起梅山八面风。
仰面青峰云气浩，吾人亦觉胆生雄。

游杭州西溪六咏

一、古渡寻梦

辗转轻车到古津，万千民宅已翻新。
当年胜迹寻如梦，惟有残痕启后人。

二、浣纱叹

沟洼错落老兼葭，水色浑黄正浣纱。
何日疏通诸涧水，清流日夜到民家。

三、寻迹秋雪八景

春雨新晴暖气流，长风梳柳自悠悠。
始知秋雪无寻处，待到花飞再作游。

四、溪河木舟行

清风送客过平畴，便下溪河乘小舟。
羡煞吴人荡单桨，天光臂影共悠悠。

五、晚风流霞韵

风前蔓草动如琴，春色犹随晚景深。
夕照溪流金镀水，群鸥起舞任高吟。

六、春风沐浴西溪

西溪古荡待芳华，翘首人间诗旅家。
一沐春风山水碧，皋亭聚首赋桃花。

重走长征四渡赤水之路

一水奔腾万壑空，长征四渡古今雄。
土城血战英风烈，桷树舟横险道通。
展室深情瞻赤帜，沙场回首颂元戎。
此中后代耕山野，心志依然火样红。

重访遵义

心诚岂顾日炎炎，又上名城仰昔贤。
会址重温韬略史，陵园犹响战歌弦。
循宗朴挚维民主，创业艰辛续史篇。
最是风淳人智勇，红旗指引更当先。

登娄山关

百丈悬崖古战场，长征首捷气轩昂。
尖山抢占施英勇，尾阵包抄赖智囊。
为使红星光大地，愿将热血洒高冈。
雄关漫道今犹在，未可轻心弹裹糖。

湘南莽山行（五首）

一、登山行中

绿海茫茫客众惊，莽山风景总多情。
问余何处倾心赏，最是幽林鸟语声。

二、鬼子寨攀行曲

结伴山行步履深，清风着意助攀寻。
开怀自是天然美，好景弥坚爱国心。

三、栈道奇景

陡石高悬接栈台，峰回又见万花开。
蓬莱此处何相似？应是仙山一体裁。

四、沿溪风采

溪水悠悠绕石流，无边风物逸清秋。
山花载雨犹精彩，笑向蜻蜓学点头。

五、登莽山天台山

磴台信可上遥天，袖舞清风任向前。
路直路弯非在意，云来云去幻如仙。
行依老树凭怀古，会看神鞭别有缘。
炼得人生山石样，心中无我自岿然。

山西晋城会议随咏（五首）

一、晋城胜状

久慕晋城风景殊，名山胜迹尽如诗。
煤田似海金波涌，正逐飞舟入盛时。

二、登王莽岭

一岭横空枕太行，群峰矗立莽苍苍。
当年抗战英雄血，化作今人致富章。

三、长平怀古

白起功高罪亦深，长平血洗有坑存。
而今回首前朝事，怒斥人间不义争。

四、赞锡崖沟精神

卅年苦斗一途通，石壁开窗万壑空。
隔世村庄商旅活，人民力量最堪雄。

五、观皇城相府

山村何故立皇城，曾有疑云眉宇生。
细览午亭知所谓，官商得道两相因。

陪展仪先生及家人访白石故居星斗塘

竹篱藤织彩，茅舍熠生华。
斗室铭悬镜，空山日照霞。
家人寻祖迹，邻里奉清茶。
一树甘棠果，香甜奉万家。

二〇〇四年中国绍兴水城风情旅游观感

大越风华举世传，山阴古道客如烟。
石峰刚挺雕奇景，民俗忠淳出俊贤。
把剑吟诗英烈壮，卧薪尝胆苦行坚。
观潮更识文明市，镜水排云净碧天。

白云岩溪行

林中蝉鸟闹，岭上白云飞。
蹑足疑窥洞，弯腰幸采薇。
一畦萱草静，四壁紫藤围。
攀石惊回首，清溪走巨雷。

古城淮安

千里飞行望眼赊，淮安景物足堪嘉。
人文多有星辰座，科技丛开世纪花。
商品源源盈贸市，吟声朗朗赞诗家。
古城今日新风采，湖海镶金一片霞。

广东阳江参加全国十八届诗词研讨会

沧海洪波接碧天,阳江雅集汇群贤。
一场春雨苍天惠,三特文风青史妍。
道远标高宜式范,龙腾虎跃竞争先。
诗人群起同求索,敢创新时李杜篇。

阳东县荔枝园感咏

双肩护玉意飞扬,西子乘风舞艳装。
勾起游人心嘴动,痴情一一吻红娘。

参观杨么水寨

为瞻义领探湖空,回首开鹅起肃容。
贫贱抗争拼一死,至今天下叹英雄。

参观汉寿县三中感咏

目平湖畔美容妆,犹立兴才好学堂。
隐隐清吟常悦耳,竹林深处有诗墙。

为谭霁《韵园拾趣》题

一卷观未意自氛,韵园风采可怡神。
愿为嘉树添枝叶,绿在青山颂在人。

猛洞河一线天

猛洞舟行一线天,风光美好更超前。
含情隔岸能亲吻,立马横河可换鞭。
岭树云延千里外,山泉水绕百村间。
龙宫尽是珍奇景,奉与游人作妙传。

猛洞河泛舟

水隐鱼龙山结瓜,奇峰迭耸白云斜。
猿声入耳悲欢合,石壁耕农苦乐家。
野洞开怀呈国宝,雄鹰展翅闯天涯。
人间此景堪观止,更喜归途听暮笳。

谒武侯祠

一祠香火祭如流,别有真情敬武侯。
励志古今尊两表,知行更向学奇谋。

瞻杜甫草堂

历尽沧桑道益彰，草堂今已富堂皇。
园林入市山连水，万国高瞻圣德扬。

仰三苏祠

夕照眉山客意舒，飞车入市拜三苏。
祠中文物皆珍贵，最敬东坡硬骨躯。

赞成都新貌

成都走马看楼堂，已改当年旧饰装。
闻说新筹多创举，富民事业正辉煌。

赞河南梨园春酒厂

梨园春色本浓稠，诗酒联姻意更遒。
一片飞帆壶海挂，东风力助上鳌头。

凭吊曹植墓

萁豆相煎事，千秋叹可哀。
吟章成七步，史册颂诗才。

赠常德华天酒店

诗节兴游住鼎城,华天酒店见精神。
文明服务周详甚,赢得宾朋赞美声。

临澧县诗意公园感怀

道水清流涌,诗园景物丰。
前贤高韵雅,后秀壮图雄。
月色笼江岛,星光灿市空。
时人游胜地,谁不乐融融。

贺湘潭重建万楼

彩虹飞架贯通衢,重见名楼景色殊。
西倚韶峰雄宇宙,南瞻白石胜璠瑜。
前贤已立千秋业,时杰犹乘万里驹。
纵有艰难何足道,旌旗高举越崎岖。

奥运火炬过长沙

欢动长沙市,情牵爱晚亭。
民心倾奥运,圣火照芳陉。
灵麓祥云绕,清湘浩气升。
银河添席位,虚以待新星。

水府庙水电站览胜

夕照湖光万顷霞，千秋功业众相夸。
船摇小橹吱吱渡，鱼跃清波点点花。
野鸟惊飞回猎手，炊烟慢绕伴农家。
年年喜唱丰收曲，赖有甘霖润物华。

庭院闻橘花香赋

窗风缕缕送香来，乃悟橘园花盛开。
玉露衷情滋素蕊，清风着意慰豪怀。
心随云水千帆竞，咏自晴岚一曲谐。
不倦时光勤赐与，芳春织锦任新裁。

参观浏阳道吾山国家森林公园

道吾高耸翠屏环，足见风光不等闲。
园圃奇花铺锦绣，溪间流水滚烟澜。
红军曾布迷魂阵，荒岭今妆碧玉簪。
鬼斧神工开画卷，长留胜境在人寰。

新千年谒望城雷锋纪念馆

千禧岁首仰雷锋,激起心潮无数重。
钉子精神坚志远,螺丝品格树碑丰。
助人情似春风暖,报国心如炉火红。
世纪新程争阔步,同声呼唤学英雄。

游卢沟桥

卢沟晓月久思游,得力诗朋此愿酬。
雾去晴岚开意境,寒来热血涌心头。
应怜狮子无声泪,可叹沙河不渡舟。
旧事于人生愤慨,犹从肺腑颂新秋。

登长城八达岭

三关一路数行程,八达登临气宇清。
历史丰功归大众,人间胜迹赞长城。
居庸壁垒河山险,燕赵云收道路平。
鉴古观今思自我,尽倾肝胆念民生。

长城慕田峪览胜

秦砖汉瓦古墙遥,万里纵横上碧霄。
天上飞鹰云护翅,峪中断涧索为桥。
薰林起舞红霞灿,野草凌风碧浪骄。
更喜长城商旅盛,慕田百店酒旗飘。

题北京老舍茶馆

盛喜传奇四座惊,香茶一盏久知名。
艰辛创业宏图展,严细攻关茗艺精。
慷慨人生风雨路,悲欢世事古今评。
楼台百尺根基稳,不失京华大碗情。

乘舟游黑龙江

黑水乘舟赤帜扬,艳阳高照渡河梁。
沙鸥点点青天外,杨柳依依碧水旁。
浪劈孤洲分可合,帆开半径抑思扬。
秋来果实熟如许,两岸同闻一品香。

长白山放歌

长白逶迤傲世雄,登高放眼上遥空。
一池天水风波荡,数点云峰冰雪融。
野草芳花铺似锦,悬崖峭壁势腾龙。
何当鼓棹银河去,好借春霖沐碧穹。

访图们江

春光伴我访图们,放眼边关老树村。
一岭烟霞分国界,半桥风月照江滨。
田垅壮丽丰收景,企业繁忙创业人。
犹喜先锋怀大志,为民造福任艰辛。

登东山观鞍钢

高炉百座火云蒸,满眼烟霞伴日升。
孟泰精神成国宝,鞍钢宪法耀明灯。
工人硬骨江山固,企业丰碑血汗凝。
因有红旗前指引,长征路上再攀登。

旅顺口之歌

黄金白玉乐盈眸，洗净污尘美不收。
虎尾浮摇为护海，电崖闪烁可明陬。
多层碧树山中立，数点飞帆天际浮。
更喜城乡同进取，并行改革立潮头。

大连白玉山炮台感赋

海雾初开日正高，抚今追昔动思潮。
虎狼相斗凶残甚，社稷瓜分苦恨交。
奋进举旗跨世纪，争荣创业立高标。
明珠一颗嵌黄海，别有光华显自豪。

大连经济开发区剪影

东风播洒满天霞，金石滩头众口夸。
引凤栽梧人杰至，招商创汇国资加。
目标宏大十方面，企业欣荣五百家。
开发论功排榜首，神州刮目看奇葩。

参观天津大邱庄印象

透过青纱看小楼，城乡共富喜心头。
田园奏响丰收曲，工业飞腾胜利舟。
回首穷村抛旧梦，瞻前好景置新秋。
庄员未满今时盛，欲创环球第一流。

参观西柏坡

千里来寻古寨中，坡前景物豁心胸。
磨盘曾使乾坤转，土屋犹存将帅风。
三大战场赢胜利，六条规则响洪钟。
征程务必防糖弹，为保江山不褪红。

赵州桥览胜

梨花迓客度西交，赵郡风光在一桥。
立体敞肩为固护，横空拱月赏奇雕。
神工断水无穷妙，大地飞虹孰比骄。
历尽沧桑雄健在，人间万世立高标。

参观河北白沟集贸市场

白沟古镇店如林,集市人称满地金。
货品畅销争客户,车流急驶过花阴。
当年抗敌雄风在,此日兴商闹市新。
农友相逢谈笑里,锦心绣口发高吟。

夜游白洋淀

江村向晚野鸣鸢,怒放心花付素笺。
玉米如金徵岁盛,秋荷似剑傲霜坚。
芦花夹岸人移影,纤网收鱼水起烟。
坐听渔家夸富有,夕阳喜气满蓬船。

观内蒙大青山

大青山脉势如鹏,万古翱翔傲碧空。
铁骨坚铮摧不朽,金睛闪亮锐无穷。
坚心必与豪情重,合力争为壮业雄。
回望京华春意盛,草原风貌一源同。

参观昭河牧区

苍茫草岭看敖包，手挽风云意自豪。
紫燕迎来宾客广，白杨挂上酒旗飘。
银辉大盏情深重，极品鲜羊味至高。
醉眼黄花秋实好，物华多种爱胡桃。

呼伦贝尔草原放歌

人到呼伦气便豪，心潮草浪各滔滔。
车盈酒栈红灯挂，马啸天风牧笛遥。
大漠春深今胜昔，长空鹄远雅兼骚。
回程不舍高原美，卧地亲昵吻菊蒿。

赞呼伦湖

呼伦湖水接天青，半是烟云半是晴。
亿载沧桑传史话，八方风采集精英。
游虾跃鲤鳞花舞，落照飞霞客意倾。
岂只江南山水秀，草原亦有丽珠明。

车过伊盟草原

天蓝絮白入眸新，草上风云变幻频。
大野豪情宽似海，平川牧草绿如茵。
蒙包数点炊烟直，灵鸟群飞恋意亲。
更赏牛羊飞卷走，长鞭响自壮歌人。

游呼市哈素海

哈素乘舟日正晴，碧波飞卷接天青。
白杨似剑排空立，金苇如屏映水清。
草长鱼游花集锦，云飞鸢舞客生情。
民间旅业真红火，亮起边城一座星。

参观曲阜孔府

九进楼台照彩霞，金镶玉刻倍豪华。
衙前奉挂忠君匾，宅第飞扬上苑花。
仪礼繁多传世代，诗书浩瀚接天涯。
无功后代空封禄，有辱文宣至圣家。

登泰山

叠石攀登摘彩虹，倚云又揽日观峰。
耳边不尽涛声震，足下浑然浩气雄。
瀑落悬崖飞白玉，松依幽涧立青葱。
山行最喜天风劲，洗脑清心度碧穹。

游蓬莱岛

海阁凭栏展望前，长空一抹净无烟。
红霞片片生奇景，白浪悠悠接远天。
商旅已通强国路，心神犹注打渔船。
衷肠寄托蓬莱外，只问民情不问仙。

乌鲁木齐新貌

红山俯视浩如烟，乌市新容展眼前。
车路纵横皆有序，楼台耸立自昂然。
商通世界风云汇，路有丝绸岁月迁。
民族团圆兴壮举，旌旗招展艳阳天。

吐鲁番风情赞

天自晴和物自馨,葡萄架下最怡情。
风梳草海千重翠,日照沙洲万点明。
农贸市场堆硕果,旅游景点响歌声。
功高应数坎儿井,大漠春光润泽生。

新疆天池观景

瑶池碧落水潺潺,点滴甘霖润翠寰。
百里青纱飘若画,一泓珠玉绕为环。
莲开雪岭云姿立,瀑泻悬崖鹤羽翻。
好政人称明似镜,清廉好自看天山。

西域火焰山奇观

赤岭飞腾势若龙,身披彩甲舞当空。
昔经铁扇灰烟在,今洒光华日月同。
吐雾吞云掀热浪,鸣雷击电起飙风。
何时有计平炎暑,共享清凉乐碧穹。

拉萨观景

纵观拉萨景何妍，一幅丹青挂在天。
头顶白云多洁美，身披霞彩更悠然。
王宫古寺嵯峨立，商厦新街广阔延。
各族为兴开发业，已将渴望化征鞭。

赞拉萨市八一农场

八一农场军垦功，长期发展现葱茏。
以人为本坚基础，立制兴规正纪风。
工贸挂钩机制活，勤廉结合壮心红。
高原创业艰难甚，藏汉千军万马雄。

日喀则风物颂

奇山奇水绕奇城，绚丽风光举世倾。
扎什临山经日月，班禅爱国振声名。
珠峰雪照征途阔，年楚河滋景物生。
各族同奔致富路，画图难写奋飞情。

颂雅鲁藏布江

涛声滚滚接天风，颂说人间事业雄。
喜有春霖滋树长，拼将健力破冰封。
平畴绿海源无尽，峻岭黄龙去有踪。
古老藏江堪壮美，中华血脉永流通。

兰州皋兰山观感

皋兰虎踞挺巍峨，举目城乡胜迹多。
南立五泉高塔寺，东流九曲老黄河。
名山秀色观如画，古野雄风化作歌。
最是令人称意处，迎宾笑语乐祥和。

敦煌感咏

黑风呼卷漫天愁，牵动黄沙筑古丘。
石窟藏经连百洞，泥龛供佛越千秋。
图文集锦神妖辨，哲理成篇史学留。
此日阳关通四海，新城不乏故人楼。

登贺兰山

直上扶摇看贺兰，风云托起万重山。
金戈铁马前朝记，顽石高峰此日攀。
欣喜农林开胜卷，又闻科技闯雄关。
纵观各业腾飞进，西部征歌响九寰。

沙湖览胜

琼湖小览意何稠，风物长宜久住留。
美景千奇欣鸟岛，佳肴一绝品鱼头。
沙山交响驼铃曲，苇沼轻漪镜面秋。
最是飞舟延客坐，瑶池梦里任遨游。

黄河金水园

东出银川紫气临，黄河浪涌赤如金。
山回鸟入园林梦，水静鱼鸣鸽子音。
岸浦凝神思远计，楼台索景乐高吟。
凭栏不见孤烟直，只有诗情系客心。

青海湖放歌

千里盐场接太清，高原野渡有峥嵘。
湖心静穆原无价，鸟岛喧嘻别有情。
古道行程沙障眼，新亭坐赏柳垂缨。
珍稀特产湟鱼宴，乐得朋俦席地羹。

西宁九八《中国纪检监察报》工作会议

西宁盛会话廉明，党报高扬正义声。
妙笔宏文宣国策，铮言警句达民情。
擎旗引路军容整，仗剑除妖战鼓鸣。
且待吾侪更努力，新闻创作出真经。

参观秦始皇兵马俑

地宫雄踞越千年，静待人间历变迁。
列阵多层将士甲，挥师曾举帝王鞭。
骊山红叶光犹亮，渭水兰田玉更妍。
地覆天翻今胜昔，神州遍地起英贤。

登北岳

近山脱帽望悬崖,气接风云万壑开。
巨石凌空刀削刃,苍松踞险足生雷。
时光刻出龙鳞路,冰雪装成玉镜台。
跃上峰巅天寄语,人间有客访仙来。

参观酒都杏花村

半日阴凉半日晴,长车载梦访名城。
汾青老酿千年美,玖玉新芳万里荣。
古井清流源不竭,高贤雅咏意开闳。
前村有路无须问,最是杏花动客情。

五台山游南山寺

奇峰胜境八方开,为柱苍穹矗五台。
世事悠悠人逝去,沧桑历历物重来。
寻幽何处佛光现?举步随风酒气回。
应省无穷修寺庙,名山岂可滥新裁。

五台山登菩萨顶

满怀忧乐上灵峰，香火飘然不动容。
本乃人贤开境界，自当山色共情衷。
清凉独爱云松健，古雅堪钦殿阁雄。
应似葵花向日转，丹心映照晚霞红。

五台山朝金阁寺

四壁金辉生佛面，山川峻美动行吟。
开宗永志人中仆，报国时为座右箴。
白雪如银渗静土，红枫若火映丹心。
长征不畏鞍劳苦，点滴为民奉赤忱。

谒汤阴岳王庙

古庙威严浩气存，鄂王功德振乾坤。
沙场百战雄风劲，肝胆一身名节真。
豺虎当途施歹毒，黄龙未饮负亲恩。
精忠报国垂青史，留取丹心照后人。

参观林县红旗渠

何处飞来碧玉波，太行人力辟天河。
悬崖凿洞情犹壮，绝壁开渠志未磨。
虎口穿行游舴艇，山碑矗立卧龙坡。
春华秋实民生惠，百万工农击壤歌。

南街村新貌

爱国兴村众力雄，南街是处展新容。
多家企业如春笋，一杆旌旗接彩虹。
天上星高光亮闪，河中潮涨旅航通。
文明建设滋甘雨，物质精神富共同。

参观葛洲坝水库

远望西陵境若仙，无边春水自悠然。
青山数点银盘落，白石多层彩线连。
似蟒横江穿峡谷，如狮镇岛吐霞烟。
醉人风景更何处，遥指云峰一线天。

长坂坡赵云塑像前

长坂坡前忆昔贤，单枪匹马勇当先。
挺身救主怀忠义，无力回天叹逝年。
大道横戈豪气在，青山照影立身坚。
今人更有兴邦志，面向高标竞着鞭。

瞻仰红岩革命纪念地

黄桷扶疏旧叶新，红岩洞壁证前因。
山头魔鬼淫威甚，虎穴英雄奋战频。
敢以豪情驱瘴雾，犹凭铁骨挺艰辛。
更崇无畏乐天辈，亮节高风启后人。

参观渣滓洞监狱

革命坚贞任作囚，心存信念苦追求。
为全大节宁残指，欲救中华可断头。
热血凝成高岭峻，悲歌唱彻大江流。
黎明痛惜英雄去，留下红旗耀九州。

观黄果树瀑布

一列悬崖利剑磨，飞来瀑布势滂沱。
藤萝石上甘霖润，旅客滩头竹笛歌。
岭树清风生浩爽，村姑俏影舞娑婆。
又瞻山野金黄果，人赞丰收益此河。

赞石林

石林列队状军仪，一览奇观意自痴。
且立苍苔评古莽，更临高阁赏雄姿。
坚贞壁立阿诗玛，浩荡横流断剑池。
中外游人夸好景，呕心难尽赞讴辞。

滇池观感

滇池自古荡清波，污染而今似墨河。
岸柳轻枝难起舞，山茶丽色渐消磨。
排脏净水千呼急，返翠开轩万象和。
待到新荷重蔽日，游湖再唱采莲歌。

游洱海

洱海春晖洒碧霞，苍山相映两奇葩。
鸣鸡起舞双关市，举案齐眉三道茶。
百里晴光明玉镜，千村沃土种琼花。
人和地利天时顺，金月弯弯富万家。

登昆明大观楼

名士忧怀物象通，长联咏唱史称雄。
龙山雾隐千重绿，蟹屿梅开一剪红。
断碣残碑今不见，灵仪金马古如同。
琼湖四面烟霞绕，回首昆明日正中。

上海东方明珠眺望

江海汇流云水悠，万邦竞业过滩头。
春潮卷起千重浪，大地腾升万栋楼。
远略良谋甜入梦，高科硕果喜盈秋。
名都建设新开发，世纪宏图一望收。

奠雨花台烈士纪念馆

雨花台上百花妍，先烈精神敬肃然。
理想宏谟明道路，青春大勇着征鞭。
丹心化作杜鹃血，浩气凝成舜禹天。
要务而今抓发展，富民强国慰前贤。

杭州西湖感赋

久慕嘉名作此游，沿堤着眼看湖楼。
六桥柳絮迎风舞，一寺钟声共日浮。
政事悠悠霜发伴，诗歌朗朗苦心求。
如今应颂民为主，不可回头梦汴州。

谒合肥包公祠

祠前肃立看廉泉，扑面清风忆昔贤。
有志锄奸权不畏，无私执法镜高悬。
砚归民主千秋誉，家拒官赃百代传。
包水奔流无静止，涛声日夜颂青天。

黄山观松

咬定悬崖意自坚,顶霜傲雪度华年。
居高每伴风云舞,立险能容鹳鹤眠。
寒岁相依松竹石,春光涌现雾霞烟。
沧桑历尽虬枝老,依旧涛声震九天。

登黄山信始峰

仰望山峦迭九重,登临信始览奇峰。
云浮北海狂风卷,嶂立南天晓雾蒙。
索道横空奔骏马,雄关踞险守虬龙。
危巅踏步心神旷,飞向青霄会彩虹。

陪万达、孙国治二老湘潭雨湖赏菊

淡绿金黄伴墨青,雨湖秋色足怡情。
池边散步观烟柳,阁上开怀赏落英。
古树依然苍劲立,新苗奋发衍繁生。
园丁织锦心灵美,不失天时巧作耕。

登岳阳楼

劈浪飞帆渡晚晴,凭栏放眼看潮生。
楼藏范记珍无价,雾绕君山别有情。
古冢千年红树老,新街十里彩灯明。
烟波起落斜阳照,更待江亭月影清。

天下洞庭赞

四水奔来涌雪涛,又通江海卷新潮。
清风好送千帆远,鹏鸟高飞万里遥。
览物长宜宽眼界,为民何计寸心劳。
明湖回首情无限,忧乐思齐范记高。

喜见洞庭湖重返清波

雷霆震撼扫污源,纸厂千家瞬拆迁。
岸上重阴芳树绿,湖中又品碧莲甜。
鹭船近苇鸥呼伴,春港来潮鱼跃渊。
万顷清波丰水产,时人笑眼赞新鲜。

梦湘妃游览洞庭湖

帝子乘风作旧游,名山胜迹再凝眸。
湖中碧水翻新浪,岛上银针供远求。
龟酒飘香商贸盛,云帆竞渡海天浮。
巴陵前景如相问,改革兴城创一流。

二〇〇一年元旦回乡初过洞庭大桥

洞庭天堑古难通,今喜凌波卧彩虹。
梦泽勾连成坦道,名楼并立振雄风。
平湖直系三江水,古渡高悬半月弓。
今到巴陵观胜状,山河都在画图中。

君山团湖香荷颂

团湖景色足怡人,万亩香荷翡翠芬。
叠叠圆盘盛碧玉,亭亭西子曳红裙。
闲登水阁清风爽,渴饮莲羹汁味醇。
唱晚渔舟情趣好,几多绮梦醉游人。

辛巳清明君山茶场即兴

红霞绿叶两相揉，秀美君山一望收。
古井有渠通大海，新茶若黛染高丘。
平湖展望云帆远，宝岛方兴旅业稠。
画意诗情游客爽，渔歌迭起动螺洲。

游华容沉塌湖

山崩地陷问何年，留得琼湖境若仙。
石老潭深鹰嘴险，花红草碧月牙妍。
滩头百鸟争虾蟹，浪底群鱼戏水天。
常忆儿时游钓处，深宵几度梦魂牵。

华容县东湖泛舟

晓雾拉开荡漾波，湖光万顷接银河。
岸边树帐无穷尽，水底生灵别样多。
野浦和鸣观鸟舞，天风伴奏听渔歌。
船家笑指烟霞处，僻壤今成幸福窝。

重游华容东湖

又向东湖击浪游,漫天烟雨护行舟。
春鳊抢汛频飞跃,大网凌波任起浮。
辟路通城超市活,排污净水旅居求。
水中养殖无穷有,静听渔家说莫愁。

亚华南山牧场览胜

南山胜境久思游,沐雨登临意更稠。
绿野无边难尽意,奇峰历险巧通幽。
春风浩荡襟怀展,理想升华壮志酬。
此日长征新一代,同兴奶业展前途。

城步登南山途中

越岭穿林曲径高,行云驾雾涌诗潮。
吊楼古寨居仙境,瀑水村烟舞梦蛟。
牧草无边青色荡,山花漫野沁香飘。
孩童一脸春消息,迓客风亭品翠涛。

乙亥登夹山寺

高陵古刹白云深,众说纷纭有答评。
米脂擎旗龙虎奋,夹山杖锡鬼神惊。
禅碑残处余秋草,地道深层隐落缨。
明月松间如有意,清光夜夜照丹诚。

游桃花源

桃花十里溯仙源,阁倚溪云对洞天。
客赞秦村歌舞美,风摇古栈酒旗妍。
八方车马来宾友,一记文章载史篇。
夜静山庄邀月饮,武陵春晓好扬鞭。

重访沅江

风雨琼湖几度秋,春光满眼喜心头。
民间乐业歌声起,水上芳舟旅客游。
公路排栽遮日树,荷池迥绕摘星楼。
云帆正向小康渡,百万英雄共奋求。

娄底新城感赋

天马苦株两碧英，长街一览见峥嵘。
车流畅达天涯便，商贸经销产业增。
政务公廉扬正气，民风朴实尚真诚。
高楼次第星光闪，举目何方觅老城。

赞涟源湄江

湄江无处不销魂，万壑千峰拥绿云。
风起清溪飘素练，雨收幽洞吐祥氛。
朝迎旭日霞光照，暮伴苍龙月色曛。
莫道沧桑人易老，青山杖履可怡神。

湄江仙人桥览胜

天门入处有仙桥，步履如同向碧霄。
仰见清流长寿瀑，遍生芳草美容椒。
狮山彩壁谁为画，虎涧灵龟自涌潮。
人到湄江心顿爽，幻如到此即琼瑶。

游涟源白马湖

白马琼湖景色殊，银盘托起夜明珠。
高低水面船冲浪，深浅芦滩鹭捉鱼。
已结书缘心爱屋，犹钟音韵口吹竽。
最怜窗野千层绿，款客农家乐自如。

登药王岭

苍原古岭望无边，问药登临探祖源。
沃土延绵生翠树，溪流淅沥涌灵泉。
天公惠赐神农草，人世同怀扁鹊篇。
薪火承传留胜迹，民康物阜得春先。

张家界金鞭溪奇景

茂林芳草夹溪边，风送浮云一线天。
石笋排空难入画，兵书藏匣几经年。
世间仙境人争赏，眼底奇观我亦怜。
欲倚青岩挥巨手，除奢反腐借金鞭。

游武陵源天子山

欲识青岩天子魂，山中探赏险幽频。
羊肠小道能攀顶，龟石文房可作珍。
横跨黄狮豪气盛，纵观西海乱云纷。
武陵风景堪称绝，爱煞神游梦里人。

登黄狮寨

跨上黄狮笑眼开，奇山秀水入吟怀。
无边石树冲天立，一抹烟霞度岭来。
幽壑随心生梦幻，清风助力去尘埃。
此中佳景如诗画，道是仙人巧剪裁。

再登黄狮寨巧遇春雪

突来春雪巧相逢，更觉黄狮气势雄。
石海冰封波有涌，松林雾障路犹通。
八方峭壁风光险，千古苍台足印重。
更上峰头观远景，丹心一片映晴虹。

张家界西海观云

喜览群峰一色秋,又登天阁豁吟眸。
南屏壁画云中挂,北峡风帆川上流。
峻岭苍松高踞险,层林爱侣伴通幽。
应怜瑶草溪边绿,不尽芳心与世酬。

雨中游十里画廊

画廊十里雨烟蒙,一线天窗览秀峰。
曲径连通千岭碧,丹枫露出几枝红。
情钟不畏攀高处,体健何须避险空。
山谷更多神韵在,万般遐想乐其中。

游武陵源黄龙洞

一洞何奇举世惊,深藏景物尽琼英。
瑶池碧落阴河浩,蓬岛晶莹琥珀灵。
是处明珠频放彩,几多仙女暗倾情。
天工弄巧迷千古,留待今人任赏评。

天子山遇浓雾

突遇寒流闹碧穹,堆来浓雾锁群峰。
观山只觉时光浅,登阁犹同万象空。
伸手排云难着力,随心入梦任追风。
此情化作飞花雨,洒向人生壮旅中。

咏宝峰湖

高峡云浮水一泓,平湖镜面照青峰。
攀藤可上情人石,倚树能闻盛世钟。
仙女飞花呈异彩,灵龟击浪起惊鸿。
健心当是天然美,叩桨清歌意自浓。

题张家界土家族风情园

古寨登高叠几重,土家风物爱由衷。
清纯男女山歌亮,整洁楼台吊脚空。
界上神仙描远景,杨门巨子驾长虹。
平凡创业怀天下,独有芳华立碧穹。

赞张家界王家坪乡文明新风

黄童白叟共耕田,勤学求知乐自然。
诗社高吟抒慷慨,墟场义演舞蹁跹。
村民爱国秧歌扭,干部为公故事传。
小镇文明花簇锦,千家拥抱艳阳天。

甲戌季夏登苏仙岭

踏上峰头绿海游,名山今古两碑留。
斜阳雅士悲津渡,盛世英贤赞翠畴。
乐访庵前仙鹿洞,畅观岭后古州楼。
时逢改革腾飞进,商旅如云系五洲。

游郴州飞天山

古树层峰隐土楼,喻家寨上可悠游。
清风荡落山花雨,碧浪推移栗木舟。
老社茶台谈野史,新秋镜面展宏猷。
丹崖列坐云端上,恰似红颜伴白头。

游览东江水库喜赋

平湖万顷试吟毫,激起游宾意气豪。
胜景面前生梦幻,清风拂处减疲劳。
参差岭树云中锁,大小螺洲水上飘。
新造洞庭诗画美,资兴此日更多娇。

东江山庄作客

四面湖光一岛悬,鲜花似锦涌云烟。
延宾喜有鱼羹美,赏景欣闻鸟语喧。
淡入诗风扬淑气,闲来福地足高眠。
楼台倒影清波里,小巧山庄别有天。

永兴便江即景

便江山水足堪夸,百里烟笼串梦花。
翠竹清风扬淑气,古樟沃土发香芽。
悬崖壁立龙华寺,野岸幽居产业家。
好景如诗齐咏美,最怜萤火照丹霞。

参观零陵卷烟厂

潇湘红豆几多情，孕发江滨春意生。
山绕田畴兴厂院，风吹云水净烟城。
名牌倚靠高科创，大帜由来众手擎。
几度雄关蹄奋起，艰辛历尽达繁荣。

湘西猛洞河漂流

神奇峡谷任君游，一泻银河放快舟。
雾合雾开红树见，石浮石隐白云幽。
数帘瀑布添奇景，几处漩涡助壮游。
为问稼轩知也未？江山如此不须愁。

参观湘西德夯苗寨

苗歌一曲寨门开，驷马峰前客满台。
古井清澄涵北斗，青山梦幻见蓬莱。
三盅米酒倾心饮，一座烟炉任意猜。
古朴风情堪赞美，村民个个有诗才。

访湘西凤凰县

踏遍青山到凤凰，古城新市好风光。
南街集贸今非昔，东岭云峰暑亦凉。
长策深层标本治，英才几辈姓名扬。
文明建设人称道，沱水涛声震八方。

永顺"不二门"奇观

峭壁当途一线通，天然奇景妙无穷。
危崖洞底泉声闹，古树枝头鸟语融。
击浪飞歌听浣女，攀藤走寨羡田翁。
秋山惜别情无限，相约庄园果实红。

登滕王阁

西山雨过此登楼，古郡洪州一望收。
风送帆飞天际去，潮来浪涌海空浮。
琳琅满目诗联美，辐辏摩肩仕女游。
笑倚栏杆无限意，落霞几片醉心头。

癸未秋参观井冈山龙潭

直插青云石壁悬,龙潭五叠接飞烟。
流泉润绿千重树,星火燎红万里天。
国盛家兴人自奋,峰回路转景多妍。
追真揽胜重来此,物质精神得两全。

赞福州巨变

榕城对比十年前,面貌翻然大变迁。
遍地楼台春笋立,无边树帐彩云连。
合资企业多成果,改革文章有巨篇。
几度街衢寻旧迹,登临无处不新妍。

登武夷山天游峰

峥嵘深锁问樵农,笑指云山一径通。
铁石千层浇板块,溪流九曲绕玲珑。
东观夫子紫阳院,西座悬崖玉女峰。
犹怕人间春色淡,丹霞暗送几分红。

鼓浪屿干休所回顾

山环水抱园中园,闽旅曾居景若仙。
花草枯荣楼未损,年华逝去树依然。
豪情已自心中隐,白雪新从鬓上添。
仍注民生功德事,全抛肝胆学前贤。

鼓浪屿望金门岛

凭栏远望岛孤悬,海浪心潮何处边。
骨肉两分肝胆照,舳舻千里水云连。
人明大义仇当解,时到中秋月自圆。
待至河山归一统,金樽十亿饮江天。

游金门大旦岛遇雨

海峡风云小逞狂,频生恶浪阻归航。
惊雷震耳心犹静,骤雨倾盆帆更张。
众力同心排雾瘴,高标立点灿光芒。
时今虽有暗礁阻,两岸同根不可忘。

三亚南滨农场新貌

南滨宝地接天涯,岁岁春风润物华。
反季时蔬增效益,高科产业绽奇葩。
农工奏响丰收曲,法纪浇开廉政花。
海上明珠光照耀,勤劳致富乐千家。

三亚南山风景区

花张笑脸树含烟,一幅春光布眼前。
橘苑迎宾果品美,椰林待客奶油甜。
勤劳立业方为本,诗酒开怀半是仙。
百载沧桑创业路,南山此日正青年。

参观天涯海角

又到天涯作客来,无边激浪涤胸怀。
云帆好伴鱼龙舞,雾帐遥随海日开。
已是栽梧荫福地,犹期引凤纳英才。
多情最是黎家女,问客售珠几往回。

乘飞机赴海南途中

平地升空一瞬然,乘风直上白云巅。
红霞自与青山接,浩气遥同大海连。
翼展长空飞似鸟,身临高处幻如仙。
吾心不恋天庭景,为顾民生苦着鞭。

今日虎门镇

大潮汹涌海云惊,千古虎门浩气腾。
石壁坚强匡国垒,民心朴实振家声。
当年抗敌多英杰,此日兴商有盛名。
物质精神双翼展,凌空万里竞鹏程。

潮州谒韩祠

四方山水绕韩城,一庙高居显节贞。
虽是南方迁谪地,却凭光热苦难耕。
宏文历代尊师表,治鳄千秋留美名。
犹以刚廉人敬仰,至今歌颂政风清。

东莞市巨变

新兴东莞几曾游，南海称雄握胜筹。
党政同心挑重担，城乡一体竞飞舟。
人民挺立擎天柱，干部甘当孺子牛。
更向前方瞻远景，万千彩笔绘新秋。

赞番禺丽江花园

水落瑶池浣碧纱，丽江小苑足堪佳。
经营诚实同声赞，服务温馨异口夸。
膳府精心烹海味，窗台放眼看莲花。
蓬山日夜春风暖，万里宾来胜似家。

乘游艇观香港夜景

华灯映照海天霞，百里洋场何处家。
浪拨琴弦歌伴舞，风吹露雨月笼纱。
商船载物穿梭走，朋友抒怀笑语哗。
共盼香江归故国，未来前景更堪夸。

游香港海洋公园

一曲笙歌引客舫，园林仿古富堂皇。
鲸豚戏水人如醉，花草争奇路亦香。
大网幽居飞鸟噪，浑身摇摆舞星狂。
缆车傍日观沧海，万里云帆系故乡。

澳门回归颂

澳门岛上望无边，一派风光接海天。
名胜多姿沾血泪，同胞有幸得团圆。
香江返璧荆花放，濠镜还珠莲蕊妍。
此日神州同庆贺，歌声嘹亮舞蹁跹。

参观上海世博会

浦江潮水急，万国竞争雄。
展馆琳琅布，游踪梦幻同。
风云开气象，科技步星空。
咫尺神奇观，环球一览中。

过杭州湾跨海大桥

海上飞虹架，瞬间通沪宁。
岚风开玉镜，车辆走流星。
极目云海浩，放舟艇舰腾。
凭栏观灯火，仿佛幻瑶琼。

重上舟山岛

青年成老叟，重又步舟山。
昔日荒凉岛，而今富裕湾。
渔家居别墅，科技竞高端。
浩瀚观沧海，心中卷巨澜。

访舟山朱家尖大青山公园

牛头昂海角，景物足奇哉。
白浪连天涌，红花沐日开。
临风观醉雾，枕石听惊雷。
更有宜人处，青山碧玉台。

对联篇

赠刘明欣同志

明宏观大略
欣砥柱中流

赠张银桥同志

银河生浩气
桥堡砥中流

赠张大伟同志

大从小处观天地
伟自平凡证古今

悼念万达老首长

| 挥师抗日 | 捧檄来湘 | 开国老功臣 | 事业已归前辈录 |
| 励志兴邦 | 高怀立德 | 酬民真赤子 | 典型留与后人看 |

悼念尹子明同志

| 挥戈岱岳 | 跃马南来 | 七秩征程 | 百姓敬崇呼赤子 |
| 执政湖湘 | 骑鲸西去 | 一生勋业 | 党旗光彩慰廉明 |

悼念石新山同志

抗战挥戈　沥胆为民　华北江南担重任
举旗创业　奉公忘我　勤廉刚正树丰碑

悼念郑培民同志

京师应命　力竭心衰　许国竟忘身　楚雨燕云齐陨涕
湘省从公　行廉志洁　甘棠有遗爱　澧兰沅芷永留芳

敬挽杨第甫同志

学擅诗书　八斗才华夸党内
资兼文武　千秋功业励吾曹

悼念徐春高同志

春雨润芳华　万里长征　浴血赢来新社稷
高风扬劲节　千秋垂范　含悲送别老功臣

悼念谢向荣同志

沥胆为公　报国终身图富国
恒心求学　党人晚岁成诗人

悼史穆先生

书法钟王　每见神锥腾尺幅
诗承李杜　常闻雅韵寄高怀

赞新税法联

税法新颁　如沐春风生万物
财源广辟　好教经济上层楼

自　勉

毋忘茧手曾开国
应识清风最可人

为华容万庚新民村题联

新业峥嵘有赖源头活水
民心坚实能乘福地盘龙

赠涟源龙塘镇联

龙马腾云永葆将军开国志
塘渊乐水长吟乡土富民诗

题桃花源天宁书院联

天然生物象
宁静致祥和

题清塘铺镇

伊水清波歌白雪
梅山大树顶蓝天

题田心医院

田生百草灵丹造福
心系万家妙手回春

为华容景云饭店题

景华和畅八方客
云海珍馐一品楼

为网易文联精品古典诗词集题

吟章通世道
品格立人贤

华容县"华容道"联

关帝掀髯　坦荡胸怀存大义
魏王敛衽　斑斓史迹著华容

题华容怀乡中学

怀德怀仁　桃岭嘉苗成大树
乡情乡韵　沱江后浪卷新澜

题华容桃花山王灵寺

王者高怀　百善皆缘心胆正
灵山古寺　千秋有助世风清

后　　记

赵焱森

《清风颂》由我以前的两本诗集《昆仑颂》和《华夏颂》的部分诗稿以及近年来部分作品合编而成，全卷共有诗词楹联八百来首（副）。这个集子之所以定名为《清风颂》，主要原因是，我长期从事纪检监察工作，作品多带有这类痕迹。在人生价值取向上，我虽不敢与古今贤哲相比，但自己的志向立在勤廉为民上，不论在什么地方、什么情况下，都坚持不懈，矢志不移。当然，在我几十年的工作中，不该失误而却失误了的事难免有之，但反躬自问，在公廉二字上，从未有愧于党和人民。我想，我本是一个来自老百姓的平常人，应当真正理解、实实在在地为平常老百姓服务，涉浊流而不苟同污，扬清风以寄其志，此生不敢别有所图。为此，本书也就取了这个名字。

在编辑整理诗稿的过程中，因前后交叉比较凌乱，稿子的打印、校对有不少的错漏，还有，稿子本身也还存在不少毛病。为了解决好这些问题，除了我自己作了努力之外，还得到了长期关心指导我的老师、著名诗人伏家芬和湖南师范大学教授、著名诗人王俨思，以及工作和诗词方面的同事陆大猷等的大力帮助。王俨思教授为了帮助我审阅诗稿，他放下了自己即将出版、正在校对而出版社又在紧催的一部诗集。他用了几天时间帮我

审阅诗稿,除了多处纠正错漏之外,还为我的诗集付梓热情题诗鼓励,其诗曰:

诗坛春暖拂吟笺,一卷新成万里传。
健笔拏云歌盛世,丹心映日照华篇。
承骚继雅追先哲,撷藻摛文启后贤。
湖海壮游归甲第,征衫犹带九州烟。

我还要感谢的是,中华诗词学会的李葆国同志以及出版部门有关领导的高度负责精神。诗稿曾三次往返北京审阅。三次来回,都是葆国同志积极协调出版部门,认真、细致、周到地做的,使我心中充满感激之情,在此,一并鸣谢!